目次

JN020352

化物の村　新・若さま同心　徳川竜之助

新・若さま同心　徳川竜之助【二】

化物の村

風野真知雄

双葉文庫

入　口　浅草地獄村

一

「たいそう流行《はや》ってるんだってな？」

と、南町奉行所定町廻り同心の矢崎三五郎《やざきさんごろう》が訊《き》いた。

浅草寺《せんそうじ》の裏手にできた〈浅草地獄村《あさくさじごくむら》〉と名づけられたお化け屋敷の話である。

浅草地獄村とはまた、いちじるしく品位に欠けた名前だが、これが連日、大《おお》にぎわいをつづけ、しかもそのことが江戸中の噂になっているのだ。

「そうなんです。日に三千人入った日もあるそうですよ」

答えたのは、浅草田原町《たわらまち》の番屋に詰めていた町役人《ちょうやくにん》である。

「へえ。そりゃあたいしたもんだ」

矢崎は感心し、いっしょに来ていた見習い同心の福川竜之助《ふくがわりゅうのすけ》と、岡っ引きの文治《ぶんじ》の顔を見た。

「凄《すご》いですね」

と、文治はすぐにうなずいたが、竜之助はその凄さがぴんと来ない。

三千人という人の数がどれくらいのものなのか。

芝居小屋あたりは何人くらい入るのだろう。

だが、お化け屋敷などは、どんどん入れても、客はなかを一通り歩いたら外に出てしまうのではないか。

とすると、それほど混雑するようにも思えない。

こういうものは、自分の目で見てみないとわからない気がする。

「木戸銭はいくらなんだ？」

矢崎はさらに訊いた。

「いまは少し値上がりして、一人百文（およそ二千五百円）だそうです。女子どもの割引もいっさいないそうですよ」

「お化け屋敷に百文は高いだろうよ」

「そりゃあ、そこらの小屋なら高いでしょう。でも、あれだけの仕掛けのなかに入ると、高いとは思わないみたいですね」

「へえ」

「たかがお化け屋敷とは思わないほうがいいかもしれません」

町役人は自慢でもするみたいに言った。

この浅草地獄村のことは、このところ奉行所でも話題になっている。できたのは夏の終わりごろだという。

お化け屋敷などはたいがい夏のもので、涼しくなるとどれも店じまいしてしまう。だが、この浅草地獄村は、秋が深まっても閉める気配がないどころか、客はますます増えているという。

従来のお化け屋敷と違って、なかにはかなり危ない仕掛けもあるらしい。

町奉行所でも、一度ちゃんと調べるべきだという声は出ている。

だが、相次ぐ事件のため、なかなか人員を回せないというのが実情だった。

「やばい連中がからんでいるんだろう？」

「ええ、火鉢《ひばち》の三十郎《さんじゅうろう》といわれる地元のやくざがつくったんです」

「辰五郎《たつごろう》はどうしたんだ、新門《しんもん》の親分はよ？」

矢崎は伝法な口調で訊いた。

浅草寺の周辺は大親分の新門辰五郎が取り仕切っている。辰五郎ならそうひどいでたらめはさせないはずである。

「火鉢の三十郎は、以前、辰五郎親分が頭のおかしな野郎に襲われたとき、体を張って命を守ったことがあったんです。それ以来、どうも甘いところがあるそうです。また、三十郎は調子のいいところもありますからね」

「なるほどな」

矢崎は納得した。

そこへいままで黙ってやりとりを聞いていた福川竜之助が、

「それにしても、なんでまた、やくざがお化け屋敷だったんですかね？」

と、町役人に訊いた。

「それが、あそこはもともとここらの花川戸町《はなかわどちょう》、山之宿町《やまのしゅくまち》、材木町《ざいもくちょう》の入会《いりあい》になってましてね、百姓家が一軒あるだけの田んぼだったんですよ」

入会というのは、私有地のことで、三町共同の持ち物というわけである。

「田んぼだったんですか」

「それでその一軒だけある家が米をつくり、年貢として町に納めてました。ところが、その百姓一家が、どうもバクチに嵌《は》まったかして、借金をつくり、一家心中をしてしまったんですよ」

「そりゃあ、ひどいな」

「しかも、一家の呪いが残ったらしく、これが出るようになっちまったのです」

町役人はそう言って、両手を胸の前でだらりとさせてみせた。

「ほんとかよ」

矢崎は苦笑したが、竜之助は、

「そうなんですか」

と、神妙な面持ちで聞いている。

「祟《たた》りがあるからと、怖くて誰もあそこを耕そうとする者がおりません。このままでは荒れ地になってしまうというとき、火鉢の三十郎が、お化けが出るなら、それをそのまま利用して、お化け屋敷にしちまおうぜ、と言い出したのです」

「通ったのですか、それが？」

竜之助が驚いて訊いた。

「通ったんですね。浅草寺側も、町名主あたりも了承したんでしょう。でも、まさか、こんなふうに大繁盛するとは思ってなかったのですよ。いったんお化け屋敷にしたあと、どうせ流行らなくて破産したやくざを追い払い、浅草寺関連の宿屋だの料亭だのにしようって筋書きだったんじゃないですかね」

「なるほど。それが当たってしまうから、世の中というのは面白いものですね」

竜之助は感心して言った。

本当にこの世では思わぬことが起きるのである。

「その発想からしてやくざだよな。供養してやろうとかいうことはまったく考えねえ。出るんなら、ちょうどいいからお化け屋敷にしようってんだもの」

矢崎はへらへら笑いながら言った。

「また、流行っているから、なかの仕掛けもどんどん凄くなっているみたいですよ」

「凄いってどんなふうに?」

と、竜之助が訊いた。

「最初のころは、井戸からお岩《いわ》が出たり、もともとの百姓家に狐や狸が出たりと、それほど珍しくもなかったんです。じつは、あたしもその時分には一度、入りましてね。たしかに、だだっ広い土地につくってあるから、怖いことは怖いんです。お岩の生き人形も怖かったしね」

「へっ。いまさらお岩でもねえだろうが」

と、矢崎は鼻で笑った。

「いまは、そのころと規模がまったく違っていて、芝居みたいに五つの場に分かれているそうです」

「へえ」

竜之助はだんだん興味が増してきた。

だが、矢崎三五郎はもうどうでもいいというように煙草を吹かし、文治は居眠りをしている。

「三十郎がまた凝り性みたいで、つくっていくうち、だんだん凄いものになってきたらしいんです。いまだって毎日、裏のほうから普請のための大工やら鳶《とび》やらが大勢、入っていきますよ」

「どんな場があるんだい？」

「最初は、お岩の場みたいですね。それで、次がろくろっ首なのかな」

「ほほう」

「それで、次は池で舟に乗ったりするんですが、そこに船魂《ふなだま》というのが出るそうなんです。これがまあ、怖いのなんのって」

「町役人さんも見たのかい？」

「いいえ。聞いただけですよ」

「なんだ、聞いただけかい」

「聞いただけでも怖いんですよ、これが」

と、ぶるっと身体を震わせた。

「その次は？」

「いや、たいがいそこらあたりで、勘弁してくれと脱落しちまうらしいんです」

「でも、お化け屋敷っていうのは、最後までたどり着くと、賞金だのご褒美だのがもらえるんじゃねえのかい？」

と、竜之助は訊いた。

「ええ。浅草地獄村もそうですよ。最後まで行くと一両もらえるそうですよ」

「一両！」

それはまた、べら棒な額ではないか。

「それくらい最後まで行くのが難しいんだそうです。なんせ、いままで一両をもらったのは、大関の不知火《しらぬい》ただ一人だけだそうです。以来、相撲取りは、小結以上はお断わりとなりました。もっとも、不知火のほうも、あそこには二度と行きたくないと語ったそうで、次の日から三連敗しましたからね」

「ほう」

「また、近ごろでは変な噂もありましてね」

「どんな？」

「両国《りょうごく》に鬼火《おにび》組というやくざがいますよね？」

と、町役人は矢崎のほうを見た。

「ああ、江戸でいちばんの武闘派だと自称している馬鹿なやつらさ」

矢崎は鼻でせせら笑った。

やくざなんか恐るるに足りずといった顔である。

たしかに矢崎はやくざ者に睨《にら》みが利いていて、両国のやくざが矢崎の顔を見てこそこそ逃げ出していくのも見たことがあった。

「その鬼火組が、火鉢の三十郎と揉《も》めていて、出入りがあるかもしれないというので、一部のつくりが砦《とりで》みたいになってきているそうなんです」

「砦？　それはまた物騒な」

と、竜之助は矢崎を見た。やはり、うっちゃってはおけないのではないか。

「じゃあ、そのうち監察に入るか。な、福川、浅草地獄村とやらに。あっはっは」

矢崎が高らかに笑ったときである。

番屋の戸が開き、十七、八の若者が顔を出した。

「あのう?」

「どうしたい?」

と、町役人が訊いた。

「奉行所に連絡していただきたいのです。浅草地獄村で人死にがありまして」

「おう、ちょうどよかったぜ。おいらたちは奉行所の者だ」

と、矢崎が立ち上がった。

「おかしな死に方なのです。わたしの師匠は殺されたのだと申しています」

「殺されただと?」

「お師匠さまの診立《みた》てに間違いはないと思います。わたしのお師匠さまは、今井《いまい》久庵《きゅうあん》といいます」

「なんだよ、久庵先生のところのお弟子かい」

今井久庵は、八丁堀《はっちょうぼり》に住む有名な医者である。

「よし、すぐ行こう。福川、文治。行くぜ」

矢崎三五郎が颯爽《さっそう》と先に立った。

二

〈火鉢の三十郎〉という綽名《あだな》は、若いときに火鉢をかついで売ってまわっていたからだという話もあれば、怒るとよく火鉢をひっくり返すからだという話もあり、どっちが本当かはよくわからない。

もともと浅草の今戸《いまど》のあたりで子分を四十人ほど持ち、なかなか羽振りのいい親分ではあった。

それが新しくはじめたお化け屋敷の運営という仕事に、いまではすっかり夢中になっているのだ。

また、三十郎には、いままで自分でも気づいていなかったが、興行というものに関する商才があった。

さまざまな案が次々に浮かぶのである。

しかも、ふつうの商売人なら、

「それは危険だから」

と二の足を踏むところを、なにせやくざだから、客の安全などはあまり思わない。

「危ない？　ばぁか。たまに怪我人が出るくらいのほうが面白《おもしれ》えだろうが」

と、面白ければ、なんだってやってしまう。

これがいまのところ、すべていいほうへ進んでいる。

三十郎も楽しくてしょうがない。

いままでは、人を脅かして嫌われていた。

ところが、この商売をやったら、人を脅かせば脅かすほど喜ばれ、金になるのである。

——なんで、もっと早くからこの商売をやらなかったのか。

と、後悔したほどだった。

儲かった金をさらにこの地獄村に注ぎ込み、もっと凄いもの、もっと面白いものにしてやろう——このところは、ほとんど村長《むらおさ》みたいな気持ちになって、張り合いのある日々を送っている。

今日も、子分たちを集めて、この地獄村の運営についてひとしきり説教を垂れているところだった。

「いいか、うちのお化けは三段構えなんだ。お岩ならまず本物そっくりの生き人形で脅かす。生き人形だろうと思ったら、人間が化けていて動き出す。そして、どうせ人だろうと思っていたら、本物が出る」

生き人形というのは、一時期、大流行した本物そっくりの人形のことで、たいがい残酷なものとして作られ、見世物小屋に売られた。

「本物のお化けですかい」

子分の一人が疑わしそうに笑った。

「馬鹿野郎。だから、このあいだから腕のいい霊媒師を三人も呼んで、村の方々で祈禱《きとう》をさせているんじゃねえか」

「あ、あれはそういうことで」

「お岩たちの霊を呼んでもらってるんだ。そりゃあ、来ねえかもしれねえ。だが、来るかもしれねえ。あるいは、もう来てるかもしれねえんだぞ。そして、もし、来ていたらどうしようって思いが、恐怖をかきたてるんじゃねえか」

「なるほど」

「こういうのはたっぷり噂をばらまかなくちゃならねえ。三次《さんじ》、岩作《いわさく》、庄吉《しょうきち》、おめえらは今日も江戸の水茶屋だの飯屋だのに行き、べらべらしゃべりまくって来るんだ。浅草地獄村には本物が出るってな」

「わかりました」

三人が出て行くのと入れ違いに、別の若いやくざが入って来た。

「親分。お岩の一人が死んでました」

「死んだ？　なんで？」

「なんでかはわかりません。井戸の中で座って、鼻から血を流し、動かなくなっていたそうです。客がなんか変だというので、騒ぎ出したら、ちょうど客の中に医者がいやがって、変な死に方だから町方へ報《しら》せろと」

「町方にだと？」

三十郎が目を剝《む》くと、

「いえ、あっしが止めたにもかかわらず、弟子が飛び出して行きやがったんで」

子分は慌てて言いつくろった。

「ふん。大方、おかまどもの喧嘩だろ」

「そうでしょうね。あっしらはなにもしてませんから」

「しょうがねえ。どっちにせよ、そのうち町方の監察は入るだろうと見込んでいたんだ」

「でも、殺しだったら、一人二人どころか、ぞろぞろ来やがりますぜ」

三十郎のわきに座っていた白髪の男が言った。

「今日はそういえば、亡くなった一家の命日なので、町名主の八田八郎左衛門《はったはちろうざえもん》と宝寿院《ほうじゅいん》の超弦《ちょうげん》和尚も来ると言ってたんだっけ。鬱陶《うっとう》しいこったな」

「じゃあ、町方を追い払いますか？」

白髪のやくざが粋がって言った。

「馬鹿。そんなことできるか」

「じゃあ、どうするんで？」

と、報せてきた子分が訊いた。

「ここは丁重に応対するんだ」

「丁重に、ですか？」

「そうだ。こういうときこそ、町方につけこむ絶好の機会なのさ。いいか、今朝《けさ》次《じ》。もし殺しだったりしたなら、下手人をあげるため、なんでも協力いたしますって、そう言うんだ」

「はあ」

「それで、町方にべったりくっついて、いろいろ便宜を図るんだ」

「べったりですか」

「ぐずぐずぬかさずにやれ。やくざの道はそういう道だ」

「へえ」

「おれも適当に挨拶には行くから」

「わかりました」

「それと、死体はできるだけ、客の目に触れるようにしろ」

「見せるんですか？」

今朝次と呼ばれた子分は驚いた。

「当たりめえじゃねえか、馬鹿。本物が出てくれたんだぞ、たっぷり利用しないでどうすんだよ。入っていきなり、本物のお岩の死体。こりゃ、最高だな」

火鉢の三十郎は嬉しくてたまらないというように、手を叩いて笑った。

三

江戸屈指の歓楽街である浅草寺の奥山の裏手やわきのあたりというのは、田原町の町役人が言っていたように、田んぼになっていた。江戸もこのあたりで急に途切れるといった感じである。

矢崎や竜之助たちは、混み合う浅草寺の中は通らず、寺町と田んぼのあいだを駆けて、噂の浅草地獄村へとやって来た。

「あれですね、矢崎さん」

と、竜之助が門のところを指差した。

朝早くから列をつくると聞いていたが、いまはもう五つ半（午前九時）ほどで、その行列もだいぶ少なくなりつつある。

「え、これかよ」

矢崎は啞然《あぜん》となった。

想像したのとは、だいぶようすが違ったらしい。

「なにやら、怖ろしげですね」

と、怖いことには慣れているはずの文治もうなずいた。

太い丸太を二本、地中に差し、上に板を渡しただけの粗末な門である。

門のわきには、本物か贋物《にせもの》かはわからないが、卒塔婆《そとば》がいっぱい刺さっている。かなり古びて、文字が薄れていたりするので、たぶん本物だろう。

ということは、墓場から盗んできたのだ。これだけでも祟りがありそうな気がするではないか。

丸太には梵字《ぼんじ》で書かれたビラがべたべたと貼ってあり、上からは枯れたススキの束がいっぱい垂れ下がっていた。

門の周囲はずうっと柵で囲まれ、さらにその内側は筵《むしろ》でおおわれているため、なかのようすは外からはわからない。

わきのほうに、細い道ができていて、そっちからは途中で脱落した者が帰って来ているらしい。すでに、次から次へともどって来るのだが、いずれも真っ青な顔をしており、

「こんな怖ろしい思いをしたのは生まれて初めてだ」

とか、

「よかった。生きて帰れて」

などと言っている。

やはり、噂どおりに凄いところらしい。

門のわきには、この村の者らしい連中が四、五人いて、木戸銭を集めている。

その連中を指差し、

「さあ、行きましょう」

と、竜之助が歩き出したとき——。

「ちっと、待て。福川」

矢崎が止めた。

「どうしたんですか、矢崎さん？」

「まずいよ」

と、矢崎は言った。

「なにがですか？」

竜之助が訊いた。

「こんな混雑した小屋に三人とも入ってしまったら、的確な判断ができなくなるぞ」

「どういう意味でしょう？」

「しかも、下手人が逃げてくるかもしれねえ」

「でも、まだほんとに殺されたかどうかは、わかりませんよ」

「とにかく、おいらは外で待機したほうがいい」

「え？」

「福川と文治が入り、状況を詳しく調べたうえで、こっちに報告してくれ」

「はあ」

「いいな」

矢崎は命令口調で言い、門のわきに立っていた男に、

「おい、南町奉行所だ」

十手をかざした。

「あ、お待ちしていました。親分からも丁重にお迎えするようにと言われてます」

若い男が、人相は悪いくせに、やけに愛想のいい笑顔を見せた。

「矢崎さん、大丈夫ですよ。行きましょうよ」

と、竜之助は振り返って矢崎に言った。

「大丈夫って、何がだよ?」

矢崎はムッとしたらしい。

「いや、あの……」

行かない理由はわかるが、それを口にはできない。

「あれ、おめえ、おいらが怖がってるだなんて思ってねえだろうな。やくざが何十人いようが怖がらねえおいらだぜ」

「いや、そんなふうには思っていませんよ」

竜之助は慌てて首を振った。

じっさい、矢崎はやくざや悪党どもにもけっして臆することはない。同心として、じつに果敢な、尊敬すべき先輩なのだ。

だが、人にはそれぞれどうしても苦手なものはあるのだろう。

「さ、さ、どうぞ、お入りに。あっしがご案内します」

村の若い男が招くようにした。

「では、行こうか、文治」

竜之助が矢崎のことは諦めて、門をくぐろうとすると、

「あ、いちおう、これを」

何か小さな袋のようなものを手渡された。文治も一つもらっている。

門をくぐり、さらに垂れ下がった筵《むしろ》をめくって、中へ入った。

なかでは凄《すさ》まじい悲鳴が聞こえている。

矢崎は何か勘のようなものが働いたのだろうか。

――まさか、出て来られるよな……。

竜之助は一瞬、嫌な予感がした。

第一場　お岩

一

竜之助は、中に入るとすぐに、

「これはなんだい？」

と、案内の男に訊いた。いま渡されたばかりの小さな袋のことである。

「お守りです。幽霊除《よ》けの」

「ふうん」

幽霊が出なかったらここだってつまらないだろうが、そんな皮肉は言わない。

「ほかにも役目はありましてね、中はほぼ五つの地獄に分かれているんです。一つの地獄を通り抜けるとき、地獄の門番が紙をくれます」

「ほう」

「それをそのお守りに入れて、無事を祈りながら先へ進むんでさあ」

「なるほど」

「五つの紙を集めて最後の門を抜けた者だけが、賞金一両をもらうことができるんです」

「うまく考えたな」

「でも、まあ、二つ目の地獄くらいまではなんとか行けます。三つ目でだいたい七割以上は逃げます。四つ目でほとんどいなくなりますよ」

案内の男は片側だけで皮肉っぽく笑った。

中はかなり暗い。

ぼんやりと人の顔の輪郭が見えるくらい。十二日目の月明かりくらいか。

細い道を行く。

途中で拝んでいる女がいた。

「お岩さま。どうか、おもどりなされ。成仏しなされ」

そうつぶやいている。

どうやら、お岩さまの霊が降臨なさったらしい。

途中、道が二手に分かれ、左のほうに進んだ。

まもなく二十畳ほどの部屋に出た。

「ここです、ここ」

と、案内の男が立ち止まった。

ろうそくがあるので、いままでの道よりはうっすらと明るい。

真ん中に井戸があり、ここからお化けが現われるのだろう。

今井久庵がいた。白髪頭を丸めた、五十がらみの男である。

竜之助の役宅の近所に住んでいるし、何度かは怪我人の治療で奉行所に来てもらったこともある。

大坂で蘭方を学び、腕のよさは誰もが認めるほどである。

「今井先生」

「おや、福川さん。あんたが担当ですか」

「ええ、まあ」

「それは都合がよかった」

「都合が？」

「珍事件を解くのが得意だとうかがっています。まさに、その珍事件が起きましたぞ」

と、今井久庵はかたわらの死体を指差した。

井戸のわきに遺体が寝かされ、上から筵が一枚かけられている。

竜之助は一度、手を合わせ、そっと筵を剝《は》いだ。

顔の半分が黒く塗られ、爛《ただ》れたみたいになっている。髪はざんばら。四谷怪談で有名なお岩さんなのだろう。きれいな顔立ちだが、だいぶ身体の大きな女らしい。

「死んだのはお岩ですか？」

「そうですね」

「これはまた……」

竜之助は一瞬、絶句した。

扮装がおどろおどろしいうえに、頭を殴られ、鼻から血を流している。凄《すさ》まじい形相である。

「これほどおぞましい死体も珍しい。それゆえに珍事件なのですか？」

「いいえ、違いますぞ。この井戸の中で、額の上部をかち割られて死んでいましてな。傷をよく見ると、明らかに大きな石か何かで殴られていますす」

「そのようですね」

竜之助も近くにあったろうそくを手元に寄せて、額の上のあたりを見ながらうなずいた。頭蓋骨が割れて陥没しているのが、見ただけでもわかる。ただ、そこからの出血はない。血は鼻血だけである。

だが、それがどうしたのだろう？

「石なんか、ここらにないでしょう？」

「え？」

竜之助は言われて周囲を見た。

地面が剝《む》き出しになっているが、なるほど石などはまったく落ちていない。

「文治」

「はい」

竜之助とうなずき合うと、文治はすばやい動きで、この隣の部屋などを見に行った。

「半端な大きさじゃこんな傷はできませんよ。小さくても、沢庵石《たくあんいし》くらいはあるでしょうな」

「ええ」

竜之助はそう言って、ほかに傷はないか確かめた。心の傷はわからないが、身体の傷は頭だけだった。ただ、顔だけではわからなかったが、女ではなく、男だった。

文治がすぐにもどって来た。

「福川の旦那、少なくともこの周囲にはありませんね」

「そうでしょう。わたしはすぐにおかしいと思いました。そんなこともあって、うちの弟子を走らせたのです」

と、今井久庵が言った。

「助かりました」

竜之助は、軽く頭を下げた。

「ここのやくざは余計なことをするなと言わんばかりでしたが、わたしは八丁堀で医者をしているので与力や同心の方たちはほとんどが知り合いだと脅しましたら、さすがに黙りこくりました」

今井久庵はそう言って立ち上がり、

「あとはおまかせしてよろしいですかな」

「ええ、かまいません。先生もここには見物でしたか？」

「評判を聞きましてね。どうもいい歳して物見高いところがあるんです」

「いや、いいことですよ。また、お訊きしたいことが出てきたら、お宅のほうにうかがいます」

「いつでもどうぞ。ここはあまりに悪趣味ですし、早めに帰ると思いますので」

今井久庵は弟子とともに先へ進んで行った。

二

竜之助は二人を見送って、

「この遺体の身元を知りたいんだがね？」

と、さっきの案内の男に訊いた。

「あっしは知らねえんですが、こいつを知ってるのはいます。いま、別のお岩を連れてきますので」

「別のお岩？」

竜之助は文治と顔を見合わせた。お岩というのは、何人もいただろうか。

案内の男はすぐに、もう一人のお岩を連れて来た。

「こいつです」

死んだお岩よりもっと目の周りを黒くしたお岩が、倒れているお岩を見て、

「死んでるの？」

と、かすれた声で訊いた。

「ああ」

竜之助がうなずいた。

「丑松《うしまつ》、あんた、死んじゃったの！」

もう一人のお岩は短いあいだ声を上げて泣いた。
四、五人づれで入ってきた客が、何ごとかとこっちを見ている。お岩が倒れているお岩にすがりついて泣いているのだ。お化け屋敷の狂言にしても、異様すぎる光景だろう。
「取り込み中だ。先へ行きな」

案内の男が、追い払うようにした。

もう一人のお岩はひとしきり泣いて、

「どうしたんですか、いったい？」

と、竜之助に訊いた。

「たぶん、殺されたんだろうな」

「殺された？　こいつがですか？」

「意外かい？」

「ええ。殺されるようなやつじゃありません。喧嘩だってしたことがねえ。いつも冗談ばっかり言ってる気のいいおかまですよ」

残念だが、気がいいから殺されないとは限らないのだ。ただ、少なくとも懐の金を狙われたという殺され方ではないだろう。

「あんたとはどういう仲なんだい？」

「同じ長屋に住んでいるんです。下谷《したや》の山崎町《やまざきちょう》ってとこにある通称おかま長屋。おかまばっかり住んでいるんですよ」

「あんたもそうなのか」

「その長屋から五人、ここに来てるんです」

「五人も？」

「みんなお岩の役でね」

「え？　お岩はそんなにいるのかい？」

竜之助が驚くと、

「ここはお岩地獄という一画で、お岩がいろいろいるんですよ」

と、案内の男が言った。

「いろいろ？」

「ええ。丑松がやっていたのは、井戸のお岩ってやつ。井戸の中に隠れていて、客が近づくと、ぬぉーっという感じで出てくるんです」

山崎町のおかまが言った。

「ほかにはどんなのがいるんだい？」

「タンスの中に隠れているタンスのお岩もいれば、布団の中に寝ている布団のお岩、鏡のお岩ってのは怖いですよ。鏡を見ていると、ふいにお岩の顔になるんです」

「へえ」

「天井に張りついている天井のお岩もいるし、張りぼての岩に隠れた岩のお岩もいます」

「あんたはどのお岩なんだ？」

「道づれお岩と言いましてね。いっしょに歩いていたはずのつれが、いつの間にかお岩になってるんですよ。この道づれお岩はあたしのほかに二人ほどいます」

「道づれお岩てえのは、いい呼び名だなあ」

と、竜之助は感心した。

「ここの親分がつけたみたいですよ」

「へえ」

火鉢の三十郎のことだろう。もしかしたら戯作《げさく》者に近い才能を持っているのかもしれない。

話を聞いているあいだにも、そこらじゅうで「きゃあきゃあ」という悲鳴がしている。道づれお岩が出たのだろう。

「そのいろんなお岩の役ってのは、誰がやるのか、決まってるのかい？」

「ううん。適当よ」

と、山崎町のおかまは首を横に振った。

「適当というと？」

「朝、ここに来るでしょ。それで来た順に自分の好きなところに入るの。ずっと同じのをやっていると飽きるから、適当に代わるわけ。道づれお岩だと、いい男が来たときに抱きついたりできるから楽しいのよ」

「なるほど」

「同心さまなんか客で来たら大変よ。きっとおかまのお岩が何人も、最後までべったりついて回るわよ」

山崎町のおかまが妙なしなをつくったので、竜之助は気難しい顔をしてはぐらかし、

「髪の毛はかつらかい？」

と、訊いた。

「かつらの人もいるけど、あたしは地毛。山崎町組は皆、地毛ね」

「ずいぶん化粧もするんだろう？」

「そりゃそうよ。お岩に化けるんだもの。こんな素顔だったら、それこそお化けよ。あたしの素顔見たい？」

「いや、とくには」

失礼にならないよう、竜之助はできるだけ無表情のまま、首を横に振った。

「ただ、次の化粧もあるから、落とすのが大変なほどには塗らないわよ」

「次の化粧？」

「ここは入ってすぐのところだから、朝のうちは忙しいけど、だんだん暇になるの。そのころには、第三場のほうに行って、船魂《ふなだま》のお化けになるのよ」

「お化けのかけもちなんだ」

「そう。あたしらけっこう忙しいんだから」

自慢げに言った。

「文治は何かあるかい?」

と、後ろを見た。

「ちっと、手を見せてくれよ」

文治は山崎町のおかまの手をろうそくに向けさせるようにしてじっと見ると、さらに着物の前から裾まで視線を移した。血がついたりしていないか、確かめたのだ。

首を横に振ったので、血もついていなかったらしい。

「じゃあ、仕事をつづけてくれ。また、何か訊くと思うが、よろしくな」

そう言って、山崎町のおかまには引き取ってもらった。

三

「なあ、文治」

竜之助は腕組みして言った。

「ええ」

「それだけお岩がいるとなると、間違えて殺されたってこともあり得るよな」

「たしかにそうですね」

「ここのお岩の名前や身元などを聞いておいて欲しいんだ」

「わかりました」

文治がいなくなると、竜之助は次に案内の男に訊いた。

「ここに来るとき、一度、道が二手に分かれていたよな」

「ええ」

「右に行っても、やっぱりお岩がいるんだろ？」

「いえ、いません」

「だったら、客が最初に見るお岩は、この井戸のお岩なんだな？」

「そうです」

ということは、お岩を狙おうと思ってくると、あの井戸のお岩を殺してしまうわけである。

「右に行くとどうなるんだい？」

「行き止まりですよ」

「何もないのかい？」

「いや、あることはあります」

「何が？」

竜之助が訊くと、案内の男はにやにやして言った。

「あっしが言うより、ご自分で見て来たほうが面白いですぜ」

「じゃあ、行って来るよ」

と、竜之助は引き返す。

ほんとうにすぐ三畳間ほどの部屋があり、行き止まりになった。

先に来ていた女二人が、

「何、ここ？」

「どうしたらいいいの？」

と、怖がっている。ただの行き止まりが、不気味な雰囲気に思えてしまうらしい。

だが、よく見ると、行き止まりの壁の前に、沢庵石ほどの石が置いてある。

「これって、ただの石だよね」

「でも、なんか震えてない？」

客はじいっと見つめるばかりである。

——もしかして、この石で丑松の頭を？

そう思った竜之助は、両手を出してこの石を持ち上げようとした途端、

「うわっ」

と、落としてしまった。

「きゃあ」

「なに、いったい！」

女たちは悲鳴を上げた。

「ぐにゃっとした」

と、竜之助は言い、今度は指で押した。

「柔らかい。コンニャクだ」

コンニャクがまるで石のようなかたちになって置かれていたのだ。よく見ると、かすかにぷるぷると震えている。

竜之助はさっきの井戸の部屋にもどり、

「面白いな、あの石は」

と、言った。

「あれも、親分が考えたんでさあ」

「へえ」

感心していたところに、

「どうもどうも」

やたらと愛想のいい、瘦せて背の高い男が現われた。

「どうも、どうも。あっしがここのいわば座主《ざぬし》と言いますか」

「ああ、あんたが噂の火鉢三十郎さんか」

と、竜之助は言った。

「旦那。恐縮ですが、もういっぺんお名前をおっしゃっていただけませんか？」

「火鉢三十郎」

「もしかして、火鉢って苗字だと思ってなさる？」

「違うのかい？」

「それは綽名でしてね」

「あ、綽名なのか。子どものときの？」

「面白え旦那だな。やくざはこういう綽名というか通り名で呼ばれることが多いんですよ」

「それは失礼した。それで、何か？」

「いえ、ただのご挨拶にうかがっただけです」

「ああ、挨拶なら、入口のところで待っている定町廻りの矢崎三五郎という者になさったほうがよろしいぞ。おいらはまだ見習い同心なのでな」

「入口のところに同心さまが？」

「いなかったかい？」

「いま、入口のようすも見て来たのですが、町方の同心さまはお見かけしませんでしたな」

「おかしいな」

どこへ行ったのだろう。

「おい、今朝次」

と、ずっといっしょにいる若い男を呼んだ。

「もう一度、見て来い。同心の恰好《かっこう》だからすぐにわかるはずだ」

「へい」

今朝次と呼ばれた男は、急いで入口のほうにもどって行った。

「そっちに置いてあったコンニャクだがな」

と、竜之助は三十郎に言った。

「ああ、はい」

「面白《おもしれ》えことを考えたもんだな」

「あれ、面白いでしょ。じつは、あっしの体験からきてるんです。丸いコンニャクが落ちていて、てっきり石だと思って摑《つか》んだら、ぐにゃっときた。思わず、うわぁーっと叫びました。あれをやってやろうと思いましてね」

「それをやろうと思いつくのがたいしたもんだよ」

「そいつはどうも」

　三十郎は褒められて、嬉しそうに笑った。

「それで、この死体なんだがな、殺された理由はまだわからねえ」

「そうですか」

「あんたの稼業と関係はねえのかい？」

「稼業ってえと、やくざ稼業ですかい？」

「そう」

「こいつらは、お化けの役で新しく雇った連中で、いちおう堅気の衆ですぜ。やくざの恨みは買わねえでしょう」

「ただ、間違えて殺されたかもしれねえんだ」

「間違えて？」

「あんたのところは、両国の鬼火組と揉めてるって話も聞いてる。そこらとはまったく関係ねえのかい？」

「あっしの始めたこの地獄村がここまで流行ると、ヤキモチを焼く連中も出てくるでしょう。やくざなんざもともと人間が小せえから、他人が儲かるとむかつくんですよ。でも、それだったら、まず、あっしを狙うでしょうね」

いかにもふてぶてしそうな顔になって言った。

お客が横になっている遺体を恐々見て通り過ぎる。

「どうしたの？　お岩さんが死んでる」

「生き人形でしょ」

「でも、町方の同心さまが来てるよ」

「まさか、本物？」

「芝居よ。すべてひっくるめて」

若い女たちの、そんな話し声が耳に入ってくる。

遠巻きに囲んで、こっちをじいっと見ている。

「ひとまず検死は終わったので、その幕の裏にでも隠したほうが」

と、竜之助は三十郎に言った。

「いや、大丈夫です。ご心配なく」

「心配は別にしておらぬ。遺体もじろじろ見られて可哀そうではないか」

「なあに、喜んでますよ」

「せめて、筵をかけてやろう」

「お気になさらず。いま、坊主を呼びにやらせました。さっき、こいつを雇った者に話を聞いたら、身寄りもねえっていうので、ここでお通夜をやり、葬式もあげてやりますよ」

「そのあいだ、ここに置きっぱなしにするのか？」

「そうなりますかね」

三十郎は平然と答えた。

竜之助は呆《あき》れた。

――この男は、この本物の死体まで金儲けの道具にしようとしているのだ。

竜之助が憮然《ぶぜん》としていると、

「旦那は面白いですね」

にやにや笑いながら言った。

「何がだい？」

「他の旦那方とはずいぶん違う。新しいお奉行になって変わったとは聞いてますが、四、五年前あたりは、やくざみてえな同心さまもおられましたぜ」

「そうかね」

少なくとも矢崎や大滝《おおたき》などは、そう柄の悪い先輩ではない。

「同心さま。今後ともよろしくお願いします」

と、三十郎はすばやく袖の下に何か入れた。

取り出すと、楕円のかたちをしたものが紙に包まれていた。明らかに小判である。しかも、五両ほどはあるだろう。

「これは困る」

と、三十郎に押し返した。

「堅いことをおっしゃらずに」

「いや、それは駄目だ」

とやっているところに、今朝次がもどって来た。

「同心さまはいませんでしたぜ」

「あの先輩にこんなのをもらっているなんて知れたら、おいらだけでなく、そっちもとことんまで調べつくされることになるぜ」

「おっと、それはまずい」

三十郎は慌てて金を引っ込め、

「また、顔を出しますから」

と、奥のほうへ引っ込んで行った。

四

まもなく、本当に坊主がやって来て、横たわった丑松にお経を唱えはじめた。

もっとも、ここは寺町のすぐわきでもあり、知った寺なら庭を横切るくらいの感じで来てくれるのだろう。

線香立ても置かれ、多量の線香が周囲におなじみの匂いをまき散らした。

同時に、案内の男とは別の若い者が二人、丑松の周囲に杭を打って縄張りをした。だが、筵をかけるでもなく、客からは丸見えである。

しかも、井戸のほうには新しいお岩が収まり、こちらはこちらで、やって来た客を脅かしたりするのだ。

「呆れたもんだぜ」

と、竜之助はもどって来た文治に言った。

「ええ。こういうのがやくざのやることですよ」

文治はすでに、何人もいるお岩の名前を調べていた。

「これがお岩に扮している連中の全員です。お岩をやっているのは、おかまか売れない役者ですね」

と、紙を見せた。

卯作　タンスのお岩　役者
洋次　布団のお岩　おかま
馬蔵　天井のお岩　おかま
金之助　鏡のお岩　役者
助八　岩のお岩　おかま
完六　道づれお岩一　役者
久太　道づれお岩二　役者
魚助　道づれお岩三　おかま

「殺された丑松を除いて、ぜんぶで八人です」

「さっきのお岩は、魚助ってんだな」

「あ、そうです」

「役者のほうもやっぱり固まって住んでるのかい？」

「いいえ、それはないみたいです。役者ったって、皆、ちゃんとした小屋に出るような連中じゃありませんぜ。役者とは名ばかりで、そのうち卯作と完六てえのは、ほとんど見世物みたいなものに出てきた連中です。金之助と久太は、いちおう旅役者だそうですが」

「女はいないのかい？」

「悪戯《いたずら》する野郎がいたりするので、皆、やめてしまうみたいですね」

文治と話しているところに、

「竜之助さま」

と、声をかけられた。

振り向くと、築地《つきじ》の鉄砲洲《てっぽうず》にある蜂須賀《はちすか》家の下屋敷で用人をしている川西丹波《かわにしたんば》がいた。

「あ、まずい。ちょっと」

竜之助は、慌てて川西をわきのほうに引っ張った。

「名前に気をつけてくれよ」

うっかり徳川などと呼ばれたら大変である。

福川竜之助とは仮の名前。本当は、田安《たやす》徳川家の十一男坊であることは、奉行所では奉行だけしか知らない極秘事項なのだ。

「大丈夫です。気をつけますから」

「それより、どうしたんだい？」

川西丹波は切羽詰まった顔をしている。

「いなくなったのです」

「……………」

訊かなければよかった。

「美羽《みわ》姫さまがどうしても来たいとおっしゃるので」

「連れて来たのかい？」

「しかも、さきほどちょっと目を離した隙に」

「また、いなくなったってわけだ」

ついこのあいだは、象の世話をしたくていなくなったばかりではないか。なんと懲《こ》りない主従なのだろう。

「どこで？」

「ここはなんとか通り抜けました。この次のろくろっ首の一画に入ったあたりでいなくなりました」

「護衛だっていたんだろうが」

「ええ。わたしの他に若い家臣が一人と女中が一人、いっしょに来ていました」

「三人もいてまかれるかね」

「なにせ美羽さまは小柄ですばしっこいので」

象を乗りこなすような姫だから、そういうところはあるだろう。

「しかも、まずいことに姫さまは町人の娘ふうの恰好をしているのです」

「なんでまた？」

「姫が言い出したのです。竜之助さまの爺《じい》やが変装に凝っていて面白そうだと」

「近ごろ、支倉《はせくら》の爺と会ったのかい？」

変装に凝っているのは本当で、この前は猿回しに化けていた。

「わたしのところに遊びに来られたとき」

「まったく、あんたたちに責任をおっつけたいよ」

「申し訳ありません」

「ここは、相当、危ないところもあるらしいぜ」

「そうなのです。だから、なおさら心配でして。竜之助さま。なにとぞ、許嫁《いいなずけ》の美羽姫さまを捜し出して」

「いちおう、気にかけるが、町人の娘というと、どんななりをしてるんだい？」

「島田に結いまして、黄色の八丈絹の着物に茶の帯を締めています」

八丈の黄色は明るい目立つ色である。見つけやすいだろう。

そこへ――。

「川西さま」

と、若い侍が息を切らして駆けつけてきた。がっちりした身体つきの、腕の立ちそうな男である。どうやら護衛の家臣らしい。

ただ、顔色が真っ青だった。

竜之助もこれにはドキリとした。

「まさか、姫に何かあったのか！」

川西丹波が声を枯らして訊いた。

「いえ、わたしはいま、第三場というところまで行ってきたのですが、ここは大変なところです。一刻も早く姫を見つけ出さないと」

「そんなことはわかっておる。いちいち、もどって来るな、この馬鹿！」

川西は怒鳴りつけ、

「では、竜之助さま、なにとぞ」

すがりつくような目で見たあと、奥へと消えて行った。

五

――ふぅ。

川西がいなくなると、竜之助は大きくため息をついた。

まったく、とんだところで、とんでもない人たちと会ってしまったものである。

しらばくれたいのは山々だが、なにせ許嫁である。

しかも、危険にさらされているなら、助けないわけにはいかない。

気を取り直して、井戸のそばに来ると、

「あれ？」

文治がいなくなっている。

「ここにいた岡っ引きは？」

と、案内の男に訊いた。

「あの親分なら、さっき急に、誰か知り合いでも見つけたみたいにして追いかけて行きましたぜ」

「知り合いねえ」

地獄村は江戸の新名所になった。この門の前にいると、いろんな知り合いに会えるかもしれない。

だが、それならすぐにもどって来るだろう。

「今朝次っていうのかい？」

と、案内の男に訊いた。さっき三十郎がそう呼んでいた。

「ええ」

「おいらは福川っていうんだ」

「わざわざどうも」

「いくつだい？」

「二十五ですが」

「おいらと同じだよ」

「そうですかい」

それがどうしたんだという顔である。

「やっぱりやくざなのかい？」

「……」

答えずに、腕の袖をめくった。

二の腕から肩に、おそらくはそこから先の背中にまでつづくであろう倶利迦羅《くりから》紋々《もんもん》の一端が見えた。見えている部分は、波しぶきらしい。その先の図柄はわからない。

つまり、こんな彫り物をしているのだから、堅気のわけはないだろうと言いたいのだろう。

「旦那」

と、文治がもどって来た。

「よう、どうした？」

「こんなところではやぶさの銀次郎《ぎんじろう》を見かけましてね。追いかけたんですが、人混みにまぎれちまいやがって……あいかわらずすばしっこい野郎ですよ」

「誰だい？」

「あっしの宿敵みてえな野郎です。スリなんですよ。スリと言っても、神田三河《みかわ》町《ちょう》のサビ抜きのお寅《とら》とは、また親分の系列は違うんですがね」

「スリもいるのか」

だが、スリというのは、やったところをすぐ押さえないと、裁きが厄介《やっかい》になるとは矢崎から聞いたことがある。

その矢崎は、足が速いこともあり、スリを捕まえるのも得意なのだ。

やくざといい、スリといい、まさに矢崎の得意な相手ばかりではないか。あとで知ったら、さぞかしここに入らなかったことを後悔するだろう。

「久しぶりに見かけたのかい？」

「ええ。もっぱら両国を縄張りにしていて、あっしは野郎の隠れ家まで追い詰めたことがあったのですが、最後のところで逃げられたんです」

文治は悔しそうに言った。

「いつのことだい？」

「二年前ですよ」

むろん、竜之助はまだ田安の家で籠《かご》の鳥であったときである。

「しばらく消えていたのかい？」

「上方《かみがた》に行っていると聞いていたのですが、またもどったのでしょう」

「だが、ここは……スリにとっては絶好の稼ぎ場所だろうな。なにせ暗いし、人は多いし、ちっとくらい喚《わめ》いたり騒いだりされても、誰も気にしねえ。そこらじゅうで悲鳴の連続だもの」

「たしかに。でも、あの野郎はなんとしても捕まえてえんです。福川の旦那、見かけたらお報せしますので、ぜひ、ご協力を」

「もちろんだよ。それで、どんな顔をしてるんだい？」

「それが怖ろしく特徴のねえ顔をしてるんですよ。あっしにしても、さっき、正面から目が合って、あれ、どこかで見たような顔だなあと、なかなかぴんと来なかったくれえで。目も、鼻も、口も、すべて特徴がねえ。では、整った美男子かというと、まったくそんなことはねえ。ああいう顔というのはあるんですね」

文治は感心している。

なんだか、ひどく頼りない話だった。

六

お経はそう長くならずに終わり、坊主はホッとしたような顔で帰って行った。

遺体はまだ、剝き出しのまま横たわっている。

客がそれを恐々眺めながら通り過ぎて行く。

本当にこれは、ぞっとするほどおぞましい光景だった。

竜之助は顔をしかめ、

「やっぱり、こんなことは許されねえよな。遺体が可哀そうだろうよ。文治、ちっと田原町の番屋に行って人手を集め、早桶《はやおけ》を持って来てくれ。遺体を番屋に引き取らせよう」

そう言って、遺体が着ていた着物を脱がせ、顔を隠すようにしてやった。

「あっしもそれがいいと思います。では、行って来ます」

「うん。それと門のところに矢崎さんがいたら、なんとしても中まで来てくれと言っておいてくれ」

「わかりました」

と、文治は引き返して行った。

田原町の番屋からここまでは、せいぜい三町（約三百三十メートル）ほどである。すぐに行って帰って来られるだろう。

「ちっと、ほかの部屋も見せてもらうぜ」

と、竜之助は奥に向かった。

「じゃあ、あっしも」

今朝次もついて来る。たぶん、同心に張りついていろとでも言われているのだろう。

次の部屋には、ぽつんと古びたタンスが置かれていた。土間の中央にタンスというのも不気味なものである。

それがときどき、ことこと、と動いている。

見ていた客たちは、

「やだぁ、動いてる」

などと言っているが、まるで何かに招かれるようにタンスに近づいてしまう。

すると突然、上の観音開きのところが開いて、お岩が顔を出すのだ。

このお岩の台詞《せりふ》がふるっていて、

「あんた、だぁれ？」

と言うのだ。

次は、通り道のわきに二畳ほどの小部屋があり、そこに布団が敷いてある。

貼り紙があり、

「よかったら同衾《どうきん》してくださいな」

と、書いてある。

布団の中では女が向こうを向いて寝ているのである。ときおり寝苦しそうにため息をついてみたりして、かなり色っぽい。

「おめえ、入れよ」

「嫌だよ」

「尻ぐらい触らせてもらえるぞ」

男たちがそんなことを言っているが、誰も入ろうとはしない。

もちろん、誰が寝ていて、入るとどうなるかは想像がつく。

竜之助は笑いながら通り過ぎた。

そこから道が二手に分かれていて、鏡のお岩の部屋のほうに入った。

鏡は部屋の奥にかけてある。大きめの半円形の銅鏡である。

正面に立ち、じいっと鏡を見る。薄暗い部屋だから、近づいてよく見ないと、映っている顔がわからない。

自分の顔が見えたそのとき。

急にお岩の顔が現われるのだ。

おそらく手前の鏡のところがすとんと落ち、向こう側のお岩が見えるだけなのだろうが、なにせいきなりだから、ずいぶんびっくりするらしい。

「うわぁーっ」

と、凄まじい悲鳴が上がる。

そこからいったんもどって、天井のお岩の部屋に入った。

この部屋は他の部屋よりさらに暗いので、何があるかほとんどわからない。

「何にもないみたいよ」

と、前にいた娘が言ったとき、

「ふっふっふ」

と、かすかに笑い声がするのだ。

「え、嘘……」

声がした上のほうを見ると、何とお岩が天井に背中をつけ、笑っているではないか。

しかも、上から冷たいものがぽたぽたっと落ちてくると、誰かが、

「血だ、血だ」

などと言うものだから、客たちは転ぶように逃げて行くのだった。

この先で、いったん分かれた道が、一つになるが、高さ五尺ほどもある大きな岩でふさがれている。

どうやらこの岩を押すと、動いて向こうに行けるようになるらしい。

「じゃあ、いっしょに押そうよ」

若い娘が二人、勇気を振り絞るようにして、岩を押しはじめた。岩は木をそれらしく削ったものでできているみたいで、下に車輪でもあるのか、娘たちが押すとすうっと後ろに下がった。

隙間ができ、向こう側に行けるくらいになったとき、岩がぱかりと割れ、お岩が現われた。

「よく来たねえ」

「きゃあーっ」

娘たちは、お岩がしがみついてくるのを引っ掻いたり、叩いたりしながら、向こう側へと抜けて行った。

たしかにこのお岩は、か細い女にはできないだろう。怖がる客に何をされるかわからない。

「これは、ここで終わりだな」

竜之助は今朝次にそう言いながら振り向くと、

「うわっ」

いつの間にか、すぐ後ろに道づれお岩がいたのだった。こっちは、死んだ丑松の友だちとはまた別の道づれお岩である。

「これは、驚くねえ」

竜之助は感心して言った。

「ひっひっひ」

道づれお岩も嬉しそうである。

「でも、客がもうこれ以上、行きたくないと思ったら、どうするんだい？」

と、竜之助は道づれお岩に訊いた。

「あれ、入るときに言われませんでした？」

「ああ、御用で入ったものでな」

「どこに行っても、だいたい道の左側が幕になっていて、そこから外に出られるんですよ。出てしまえば、ずうっと入口のほうまで逃げ道がつづいてます」

「なるほどな」

「ここらで逃げる人はほとんどいませんよ。でも、さっきは大の男の二人づれが、あたしが脅したらもの凄く驚いて、飛び出して行ってしまいました」

「男の二人づれが？」

　竜之助の目が輝いた。

「ええ。しかも図体の大きい男」

「どこらあたりでだい？」

「井戸のお岩の部屋を出て、タンスの部屋に入る手前のところかしら。あいつら、お岩を二人見ただけで逃げたんだから、よくよく胆っ玉が小さかったのねえ」

「これは、もしかしたら、いい話かもしれねえな」

　と、竜之助は今朝次を見て言った。

「いい話なので？」

「ああ。お岩が何人もいるって知らなかったら、道づれお岩のことを、さっき殺したはずのお岩が後ろからついて来たと思うんじゃねえかい」

「なるほど」

「男の二人づれってのは、よくいるのかい？」

　と、道づれお岩に訊いた。

「いや、めずらしいです。女の二人づれは多いですが、男のつれだと、五人とかそれ以上になりますよ」

「どんな感じの男たちだったか憶えてるかい?」

「なにせ、この暗さですからね。ただ、片方は凄い大男でしたよ。首なんか肩の中に埋まりそうなくらいがっしりしてました。もう一人は、男のくせに、きんきん響く声だったかな。でも、おかまとかいうんじゃなかったわね」

　これは、ずいぶん役に立ちそうな証言である。

「どっちかが、重そうな荷物を持ってなかったかい?」

と、竜之助はさらに訊いた。

「荷物?」

「風呂敷包みかもしれねえ」

「いや、持ってなかったですね」

「棒のようなものは?」

「いえ、二人とも手ぶらでした。こうやって、両手で筵をかき上げて逃げて行ったんですから」

「ふうん」

では、丑松を殴った石はどこに消えたのだろう。

「とすると、もう、下手人たちは外へ逃げちまったってわけですか？」

と、今朝次が言った。

「そうだな」

だとすると、これ以上、奥へ行く理由はないかもしれない。

だが、美羽姫を捜してくれとも言われているのだ。

竜之助は迷った。

そろそろ文治がもどって来るころである。

七

八丁堀の役宅で竜之助の世話をしているやよいは、いま、浅草界隈《かいわい》の番屋を次次と訪ね歩いていた。

「定町廻りの同心の一行は通りましたか？」

「ああ、もうずいぶん前に来たよ」

「ありがとうございました」

竜之助に会うため、このやりとりを繰り返しているのだ。

一口に浅草と言っても、定町廻りが歩く範囲はずいぶん広い。浅草御門を出ると、蔵前《くらまえ》のあたりから北は今戸から吉原《よしわら》あたりまである。加えて、江戸有数の繁華街である浅草寺周辺もある。

直属の上司である矢崎三五郎がたいそうな健脚で、それを自慢するように縄張りを広げてしまったらしい。

いったい、どんな道順で回るのか。それを知らずに歩きまわって、はたして竜之助をつかまえることはできるのだろうか。

だが、たまたま今日は浅草のほうに行くと聞いていただけでもよかった。下手をしたら、日本橋から北をすべて捜し回らなければならなかったかもしれないのだ。

今朝、役宅に奇妙な武士が訪ねて来た。

「もしや、こちらに、田安竜之助さまは？」

武士はそう言った。田安と言ったからには、竜之助の身分を知っているのだ。

ただ、奉行所の中ではほとんど奉行しか知らない極秘事項でも、柳生新陰流《やぎゅうしんかげ》をはじめとした多くの剣の流派の俊英たちは、すでにその事実を知ってしまった。

武者修行で全国を行脚《あんぎゃ》する武芸者たちは、同時にさまざまな武芸についての噂を伝えるのだ。

将軍家に伝わった最強の秘剣〈風鳴《ふうめい》の剣〉の遣い手が、いま、市井《しせい》にいる——

このことが剣客たちの闘争心に火をつけた。

そのため、竜之助のもとには次々と剣客が訪れつつあった。

だが、竜之助はいま、同心の仕事で頭がいっぱいなのである。風鳴の剣のことなど、二の次、三の次と言ってもいいだろう。

そこをつけこまれることがあれば、やよいは自分の責任が果たせない。

——新たな剣客が来ていることだけは、伝えておかなければ……。

そう思ったのである。

とはいえ、やよいは訪ねて来た武士に、この家にいるのが徳川竜之助だと認めたわけではない。

「田安竜之助さま？　ああ、ときどきそう言って訪ねて来られる方がいるのですが、お間違いですよ」

と、すっとぼけた。

「間違い？」

「手前のあるじは、福川竜之助と申しまして、単なる奉行所の見習い同心でございます」

「ふん、くだらぬ隠し立てを。わしは、竿術夢幻流《かんじゅつむげん》の元祖、国貞潮五郎《くにさだちょうごろう》と申す者」

「名乗られましても、あるじは困ると思います。迷惑です。お引き取りくださ い」

やよいはきっぱりと言った。

竜之助も同じ気持ちであることは確信している。

「迷惑だと……」

国貞潮五郎の顔が怒りで真っ赤になった。

かまわずやよいは、

「ごめんくださいまし」

と、頭を下げた。

「これで諦めたと思うなよ」

国貞はそう言い捨てて、出て行ったのである。

奇妙な武士だった。

歳は三十前後といったあたり。神経質そうな、青白い顔をしていた。

刀は短いものを腰に一本差し、他に細い棒のようなものを背負っていた。いや、棒にしては細かった。まるで釣り竿でも背負っているようだった。

——こうした特徴だけでも伝えておこう……。

やよいはそう思って、役宅を出てきたのだった。

吾妻橋《あずまばし》のたもと、材木町まで来た。まっすぐ来れば、四半刻（三十分）ほどの道のりなのに、番屋に立ち寄りながら来るため、二刻（四時間）近くかかってしまった。

この先、今戸のほうまで行ったのか、それとも浅草寺のほうに曲がったか。

やよいは迷ったが、ここで浅草寺のほうに曲がることにした。ここらで訊いて、まだ来ていないようだったら、今戸のほうに向かえばいい。

浅草寺の風神雷神門《ふうじんらいじんもん》のところに来た。

人だかりがあった。

いつも混雑するところだが、ふつうの賑わいとは違う。丸く固まっていて、緊張感がある。何かあったらしい。

その人混みのあいだから、黒紋付に着流しというおなじみの恰好が見えた。ほかに、奉行所の中間たちの姿もある。

——見つけた。

そう思ってやよいは人混みをかきわけ、前に出た。

だが、見えたのは竜之助ではなく、上司の矢崎三五郎だった。

矢崎は難しい顔をして、天を睨《にら》んでいた。足元には、大きな赤い風呂敷包みがあった。

「矢崎さま」

「ん？　おう、たしか、福川のところのお女中」

「竜之助さまは？」

「あいつは、この裏にある浅草地獄村というところでつまらぬ騒ぎがあり、そっちに行っているのだ。わしはこちらで、まれに見る難事件に取り組んでいるところさ」

「ありがとうございました」

さっそくその地獄村とやらに向かおうとすると、矢崎が後ろから言った。

「やよいちゃん。福川に、つまらぬ事件は早く解決して、すぐにこっちへ来いと伝えてくれよ！」

八

ずっと浅草地獄村の門の前で待っているのも退屈なので、浅草寺の奥山のほうまで散策に来ていた矢崎三五郎に、浅草寺界隈の岡っ引きだと名乗る者が、

「定町廻りの矢崎さまですね。風神雷神門のところに死体が」

と、声をかけたのは、つい先ほどのことである。

矢崎は駆けながら、

「よくおいらがこっちにいるとわかったな？」

と、訊いた。

浅草寺の周辺は寺社領であり、町方の管轄からは外れる。また、浅草寺には代官も置かれ、揉めごとなどはほとんど代官の菊地甚左衛門《きくちじんざえもん》が処理してしまう。

だが、寺社方にはちゃんとした探索方のようなものはなく、殺しのような面倒な調べは結局、町方に依頼されたりする。

だから、それはいいのだが、なぜ、自分があそこにいるのがわかったのか、それが解せなかったのだ。

「あ、田原町の町役人も駆けつけて来て、町方なら定町廻りの矢崎さまが地獄村

にいると教えられたんでさあ」

「なるほど、そういうことか」

矢崎は納得した。

ちょうどよかった。あんなくだらないお化け屋敷の中には入りたくなかったが、ずっとあの門のところにいるのは退屈でたまらないと思っていたからである。

「これです、それとあれ」

岡っ引きが指差したのは、左右の門のところに置いてあった、赤い風呂敷包みと、黒い風呂敷包みだった。

「風呂敷がどうした?」

「この近所の者が血生臭いと報せてきましてね。まあ、触ってみてください」

と、岡っ引きは言った。

「どうれ」

矢崎は、風呂敷を手でなぞるようにした。

——足ではないのか。

もう一つも同じようにした。

——耳だ。頭だ。

「中身を見たか？」

と、岡っ引きに訊いた。

「ちらっとだけ」

矢崎はうなずき、集まってくる野次馬から隠すように背を向け、包みの結びをほどいた。本物だった。生き人形でもなければ、大柄の猿でもなかった。まさに両断された人の身体だった。

包みはもう一度、縛り直し、啞然《あぜん》とした顔で、空を見上げた。

福川の家の女中に声をかけられたのは、そんなときだった。

だが、無駄話をしている場合ではない。すぐに追い払って、この謎に気持ちを集中させた。

門の前に分けて置かれた二つの包み。中には両断された遺体が入っていた。

風神さまの前に赤い風呂敷包み。

雷神さまの前に黒い風呂敷包み。

——何なのだろう。

矢崎は知恵を振り絞った。

だが、推察しようにも、まだまだ材料が足りない。人手も足りない。

近くに来ていた門前町の町役人や、浅草寺の寺侍などを見回して、矢崎は言った。

「まず、遺体を詳しく見なくちゃならねえ。野次馬から見えねえようにするのに、周りを筵でもよしずでもいいから囲ってくれ」

「わかりました」

町役人がうなずき、すぐに番太郎などを走らせた。

「それと、この包みを誰が置いて行ったか、ここらの者に訊き込んでくれ」

「へい、合点です」

岡っ引きが自分の小者らしき若者数人とともに、そこらに散らばった。

たちまちよしずで囲いがつくられ、矢崎は風呂敷をほどいた。

上半身が横たわった。着物を着ているが、それははだけて、帯も上にずり上がっている。

武士ではない。町人である。びっくりしたような顔をしている。斬り口は、なんとなく奇妙である。まさに両断されているのだが、一太刀で斬ったものなのか、そこはわからない。着物は切れていないのだから、抜き打ちではないだろう。ほかに斬り傷はなく、気を失ったところを横にして、据えもの斬りのようにしたのか。

矢崎はもう一度、遺体をしげしげと見て言った。

「変な殺しだぞ、これは」

九

竜之助がお岩の一画を一通り見終えて、井戸のお岩の部屋にもどろうとしたとき、

「福川の旦那」

と、文治が帰って来た。

「おう、頼んで来たかい？」

「ええ。早桶はすぐに来ます」

「矢崎さんは？」

「矢崎さまは見当たりませんでしたぜ」

「おかしいなあ。どこに行ったんだろう？」

「それより、福川の旦那、遺体はどこに持って行ったんですか？」

文治はおかしなことを言った。

「遺体？　あるだろ、さっきのところに？」

「いや、なかったですよ」

「そんなはずはねえよ」

竜之助と今朝次は急いで引き返した。

井戸のお岩の部屋は閑散としている。客のほうもここはなにもないみたいだと、そのまま通り過ぎて行く。

「え？」

ほんとうになくなっている。

「いなくなった？」

竜之助は筵が下がったほうに行き、めくり上げた。別に移されたようすもない。

「しまったなあ」

まさか、いなくなるなんて思いもよらなかった。ちゃんと遺体についていなかったのは、自分の失態である。

「ほんとに死んでいたんですよね？」

と、今朝次は顔をしかめた。

「ああ、間違いねえよ」

「だったら、やっぱり生き返ったんでしょうか。なんせ、あの入ってくるところで拝んでいるのがいますでしょ。あの人たちは皆、親分が呼んで来た本物の霊媒師で、死人の霊も呼び出すかもしれねえそうなんで」

「そいつは大変だ」

と、文治まで怯《おび》えた口調で言った。

「そんな、馬鹿なことがあるかよ。あれ？　ここに、もう一人、お岩がいたはずだぜ」

竜之助は井戸を指差した。

別のお岩が中に隠れて、客が来たら井戸から立ち上がるという代わりの役を務めていたはずである。

「ほんとだ。いませんね」

今朝次は隣の部屋なども急いで眺め、不思議そうに首をかしげた。

「まさか、ここから運び出したりしちゃいねえよな」

と、竜之助は言った。

「そりゃあ、難しいでしょう。外も脱落した客や、ここの若い衆などがけっこういますから、遺体を運び出すってえのは容易じゃありませんよ」

文治がそう言った。

——では、あの遺体はどこに行ったのだろう。

まだくわしい死因も下手人もわかっていないのである。

「ううむ。こりゃあ、この先へも行かないと駄目だなあ」

竜之助の口調は、こんなときでもどこかのんびりしている。

十

美羽姫は仔狸を追いかけるうち、よくわからないところに来てしまった。

仔狸を見たのは初めてである。まだ、はっきりした狸の毛の柄にはなっていないが、尻尾《しっぽ》のかたちなどで狸の仔だと見当がついた。生きものの赤ちゃんなら、だいたい判別できる自信がある。

——なんて可愛いのだろう。

ここに狸の棲《す》み家があるなら、ぜひ見てみたかった。

浅草に巨大なお化け屋敷ができたという噂を聞いたときは、ぜひ行きたいと思った。用人の川西に頼み込み、ようやく連れて来てもらった。

ところが、来たらすぐにがっかりした。ただの、趣味の悪い見世物だった。

この世には怖いもの、よくわからないものは山ほどあるのに、そうしたものをうまく見せようとはしていない。ただあけすけで、怖いというより気持ち悪いだけだった。

そんなとき、仔狸がうろうろしているのを見かけたのだ。

それを見られただけでも、来た甲斐《かい》はあったかもしれない。

仔狸はわずかな隙間から外に出た。

客が逃げたくなったら出るほうとは反対側である。

そこは小さな中庭のようになっていて、真ん中に小屋があった。仔狸はその小屋の床下にもぐり込んだ。もっと大きな狸も見えた。

——ここが棲み家なのね。

ちょっとだけのぞかせてもらおうと、美羽姫も腹這《はらば》いになって奥へ進んだ。

そのとき、頭の上から声が聞こえた。

「親分、いったん出て行った鬼火組の二人ですが、またもどったみたいですぜ」

「ははあ、気づいたんだろう。お岩がほかにもいるってことに。それで、またもどって来たんだ」

「どうしましょう？　ぶっ殺しますか？」

と、乱暴な声がした。

美羽姫は身を硬くした。鬼火組などという言葉も物騒だった。早く逃げ出さないといけない。

「うん、ちっと待て。それにしても、あいつら、誰を狙ってるんだろう」

「親分じゃなかったんですね」

「ああ。だが、鬼火組がここで動いているってことは、町名主と、超弦がからんでいるんだよ」

「そうなるんですね」

「あいつら、やっぱりやったんだよ」

と、親分と呼ばれた男は言った。

その声は、どこか嬉しげであるとともに、薄気味悪く思っているようでもあり、美羽姫はひどく耳に残ってしまったのである。

第二場　ろくろっ首

一

「いなくなったお岩は、このなかの誰だい？」

竜之助は、文治がつくってくれた書付を見ながら訊いた。

「久太ですよ。道づれお岩をしていた男です」

と、文治が言うと、

「ええ。間違いねえです」

今朝次もうなずいた。

「久太は誰かに命令されて、井戸のお岩の代わりをしてたのかい？」

と、今朝次に訊いた。

「自分で言い出したんじゃねえですか？　ここでは、親分以外にそういう命令を出す者はほとんどいませんので」

「ほう」

竜之助はうなずき、

「よう、文治。久太ともう一人、旅役者をしてたのは誰だっけ？」

と、訊いた。

「鏡のお岩をしている金之助ですよ」

「よし、金之助のところだ」

暗くて歩きにくい通路を鏡のお岩の部屋に向かった。

「旦那、ちょっとお待ちを」

今朝次が呼びとめた。

「ん？」

「鏡の裏側はこっちです」

と、天井のお岩の部屋に入った。

隅のほうに、よく見ると小さな戸があった。今朝次はそこを開けて、

「おい、金之助。こちらの町方の旦那方が、おめえに話があるんだ」

と、言った。

ちょうど客を脅かしていたところで、金之助の向こうに悲鳴を上げている若い娘の顔が見えた。

「いま、忙しいんですよ」

金之助は鏡を上にもどしてから、こっちを見て、迷惑そうにした。

狭い箱のような部屋で、一人立っているのがやっとのようなところである。しかも、金之助はひどく肥えている。天井のお岩をやったら、上から落ちてきそうなほどだった。

「大事な話なんだ」

と、竜之助は言った。

「でも、客を脅かさないわけにはいきませんよ」

「では、代わりを入れよう」

竜之助はそう言って、

「文治、ちょっとのあいだだけ、代わってやってくれ」

「あっしがですか？」

文治が驚くと、金之助は箱の中から出てきて、

「かんたんですぜ。これをお貸ししますので」

と、かつらを外し、渡した。

「かつらなのかい？」

「おかまたちは地毛ですが、あっしらはかつらをかぶっているんです」

文治はそれを頭に載せた。

「化粧もしてねえのに？」

「髪で顔をすっかり隠し、あとはいきなり大きな声を出せばいいんですよ」

「あんた、だぁれ？　って言うんだっけ？」

「なんだっていいですよ。御用だ、でも」

金之助は軽い調子で言った。

「文治、似合うぜ」

竜之助がからかうと、

「福川の旦那。恨めしやぁ」

と、文治は両手を胸のところでだらりとさせてみせた。

戸を閉め、金之助はこっちに向き直って、

「それで話ってのは？」

「久太のことなんだ。あんたと同じ旅役者なんだろう？」

「ええ。二人とも、浅草を本拠にしている雲井朝右衛門《くもいあさえもん》一座ってとこにいたんですが、座長が中風《ちゆうぶう》の発作で倒れ、解散してしまったんです。それで、浅草寺の奥山の芝居小屋の知り合いにここを紹介してもらったってわけです。久太はここらで働くのを迷ったんですが、考え直したみたいでした」

「久太は、死んだ丑松とは親しかったかい？」

「いや、そんなことはまったくないでしょう。丑松ってえのはおかまでしょ。久太はそっちの趣味はありませんよ」

「じゃあ、どうして丑松を連れ出したんだろう？」

「丑松がどうかしたんですか？」

　金之助はずっとここに入っていて、事情を知らないのだ。

「誰かに殺されたんだよ。それでその遺体を久太がどこかに持って行ったみたいなんだ」

「殺された？　しかも、遺体を久太が？　わけがわかりませんね」

「まったくだ」

　と、竜之助はうなずき、

「久太はやくざとは関わりがあるかい？」

「いや、やくざは嫌いだと言ってましたよ」

「ふうん」

ここの親分はやくざだが、背に腹は代えられないということか。

「久太はここらの生まれなんですよ」

と、金之助は言った。

「そうなのかい？」

「そういえば、いっしょにここらを歩いていて、あいつが変なことを言われたのを聞いたことがあります」

「変なこと？」

「ええ。おめえ、死んだんじゃなかったっけ、なんて言われたんでさあ」

「死んだんじゃなかったっけ……？　久太はなんて言った？」

「人違いだろうって。でも、逃げるようにしてましたね」

「なんだろう？」

気になる話である。

「さあ。久太を捜して、直接、訊いてくださいよ」

「どこに行ったか、思い当たるところはないかね」

「もう船魂のほうに行ったんでしょう。道づれお岩は、早めに向こうへ移ることになってますので」

船魂というと、第三場のはずである。

どちらにせよ、もどったり外に出たりはしていない。この先に行ったはずである。

「じゃあ、先へ向かうか」

金之助に礼を言い、文治を出してもらった。

「こりゃあ、面白いですね。娘たちがきゃあきゃあ言って逃げ出しますよ」

文治は嬉しそうに出てきた。

「第二場に行くには、あの岩のお岩のところを通らないと行けねえんだろう？」

竜之助は、今朝次に訊いた。

「いえ、ここで働いている連中は、別の道を通ります。お客の逃げ道とは反対側に、移動のための中庭があり、そこの扉を知ってますのでね」

「なるほどな」

「そっちから行きますかい？」

「両方行きたいな」

「では、まず客の通る道を行ってから、裏の道へ出ましょうか」

今朝次はずっと案内役を務めてくれるらしい。

ちょうど大きな男と、もう一人が竜之助のわきを通って、岩のお岩のところを抜けて行った。

――男の二人づれ？

しかも、片方は大男である。丑松を間違えて殺したやつらが、お岩が一人ではないことに気づき、もどって来たのかもしれない。

あとを追おうかと思ったら、後ろに女の三人づれがいて、なにか笑いながら話をした。男だけの二人づれではなかったようだった。

二

浅草寺の風神雷神門のあたりは、ただでさえ混み合うところなのに、奇妙な惨殺死体が出たという噂が駆け巡ったため、野次馬でごった返してしまった。このため、浅草寺の代官屋敷から代官の菊地甚左衛門が直々に出てきて、通行人の整理に協力してくれたほどだった。

「通れ、通れ。立ち止まること、あいならぬぞ」

参拝客は追い払われるように、門をくぐらされた。

矢崎三五郎はというと、殺された男の身元を確かめるため、門からちょっと離れたあたりに茣蓙《ござ》を敷き、遺体が身につけていた物を並べていた。

小銭の入った巾着《きんちゃく》。

おたふくが描かれた扇子《せんす》。

竹林を模様にした手ぬぐい。

茶色の足袋《たび》。

煙草は吸わなかったらしく、煙管や煙草入れはない。

また、着物と帯はあまりにも血にまみれていたため、往来に広げるのははばかられた。

ただ、並べた物に心当たりがある人には、着物や帯の色、そして人相も伝えるようにしていた。

「これらに見覚えのある者は名乗り出てくれ」

矢崎は野次馬たちに向けて言った。

すると、その野次馬をかき分けるようにして、顔なじみの男たちが現われた。

与力の高田九右衛門《たかだきゅうえもん》と、同心の戸山甲兵衛《とやまこうべえ》である。

「よう、矢崎。人殺しがあったんだってな」

と、戸山が声をかけてきた。

「ああ。しかも、とびきり奇怪な殺しだ」

「ほう」

「高田さまが現場に出られるのはめずらしいですね？」

戸山のことは無視して、矢崎は高田に声をかけた。

顔色はすでに蒼ざめ、まずいところに出くわしたというふうに眉をひそめている。

「たまたまだ。別の、大事な所用で来ていたのじゃ」

高田がそう言うと、わきから戸山が、

「浅草界隈《かいわい》の料理屋の動向を見てまわっていたのさ」

と、大きな声で言った。

「そりゃあ、また、のん気なご身分ですな」

矢崎は、ここぞとばかりに大声で厭《いや》みを言った。

「馬鹿を申せ。こうして現場に顔を出したではないか」

「え、それでは指揮を取っていただけるので？」

「そ、それは与力の立場としてはそういうことになるだろうな」

「では、高田さま。現場を指揮していただけるなら、まず遺体を見てくださいよ。そのかわり、四、五日のあいだは、飯が喉を通らねえでしょうが」

矢崎は嬉しそうに言った。

「遺体だと。どうなっているのだ？」

高田は恐る恐る訊いた。

「真っ二つですよ」

「真っ二つ？　人が？」

「もちろん人がでさあ」

「縦に真っ二つか、横に真っ二つか？」

「あれ、どっちでしたかねえ。ご自分で確かめてみてくださいよ」

矢崎はにやにや笑いながら言った。

高田は荒ごとが苦手で、事件の現場に行かなければならないときなど、身体が硬直して馬から転げ落ちたりするのだ。真っ二つの遺体の検分などやれるはずがない。

「うむ。それはそうだが、福川はいっしょではないのか？」

「あ、高田さまがお気に入りの福川でしたら、この先の地獄村ってところにいますぜ。中でつまらねえ事件が起きたものでそっちに向かわせたあとから、この前代未聞の怪奇な人殺しが発覚しましてね、こうしておいらが調べを開始したわけです」

　矢崎がそう言ったとき、

「あのう」

　と、後ろから声がかかった。

　前掛けをして高下駄をはいた板前ふうの男が立っていた。

「どうしたい？」

「そこの扇子なんですが、うちの店がこのあいだからお得意さんに配っているもので、まだそんなにたくさんは出ていないんです。もしかしたら、知ってる人かなと思いまして」

「おう。それじゃ、ちっと顔を見てもらえるかい？」

「でも、真っ二つなんでしょ？」

　と、男は臆したような顔をした。

「なあに、板前なら毎日、魚さばいてんだろ。同じようなものだと思えばいいんだよ」

「そんな無茶苦茶な」

矢崎はほとんど無理やり男をよしずの中に連れて行った。

男はすぐに真っ青な顔で出てくると、

「間違いありません。そこの〈赤穂堂《あこうどう》〉という線香屋のおやじです。いつも朝早くにここらを散策して、墓場に入り込んでは死人に詩吟《しぎん》を唸《うな》って聞かせているんです」

「詩吟を？」

「ええ。下手な詩吟でね。ここらじゃ有名人ですよ」

「おう、ちっと、家の者に報せてやってくれ」

と、矢崎は番屋の番太郎に声をかけた。

「それでね」

と、板前ふうの男はまだ話すことがあるらしい。

「いままでは、いつも、あの『鞭声粛々夜河を渡る《べんせいしゆくしゆく》』ってやつをやっていたのですが、二、三日前から『夏草や兵《つわもの》どもが夢の跡』なんてのに変わったんですよ」

「詩吟が変わった？」

矢崎が首をひねったとき、

「それは大事なことだな」

戸山甲兵衛が口をはさんだ。

「なんだと？」

「矢崎、これはおぬしには難しかろう」

「なにがだ？」

「ちっと待て。わしも遺体を検分しよう」

戸山はそう言って、二つになった遺体をそれぞれ検分し、

「おぬしを傷つけるつもりはないが、これはおぬしには荷が重いぞ」

「なにがだよ？」

「この殺しの特徴をちゃんと把握できたのかい？」

「特徴？」

「そう、赤と黒と風呂敷が使いわけられているのに気づいたのか？」

「当たり前だろうが。しかも、風神さまの前に赤い風呂敷包み、雷神さまの前に

黒い風呂敷包み。おいらはそこまで考えているぜ」

「矢崎。やっぱりおめえには無理だって」

「なんだと」

「もう一つの意味も考えなくちゃならねえ。風神の前に上半身、雷神の前に下半身。ここまで考慮しなくちゃならねえのさ」

「ううむ、上半身と下半身の意味か」

「加えて、殺された男の詩吟は、『川中島』から『奥の細道』に変わった。これも見過ごせない」

「そんなことは、おぬしに言われなくともわかっているさ」

「この奇怪な殺しの謎は、わしが解いてやろう」

「いや、これはおいらの仕事だぜ」

二人は互いに火花を散らすような目で見つめ合い、

「これはやっぱり、韋駄天《いだてん》矢崎と、ずばりの甲兵衛こと、戸山甲兵衛の知恵くらべになるだろうな」

「望むところだ」

と、矢崎は胸を張った。

ふと、戸山甲兵衛は周囲を見回して、首をかしげた。

「あれ？　高田さまの姿が見えなくなったぜ？」

すると、野次馬を追い払っていた奉行所の小者が、

「高田さまは、浅草地獄村に手伝いに行かれるとかで、先ほどそっちに行ってしまわれました」

と、浅草寺の裏手のほうを指差した。

三

竜之助と文治と今朝次は、第二場であるろくろっ首の区画に入った。

細い通路がつづいている。人ひとりが通るのがやっとという狭さで、しかも途中で迷路のように道が分かれる。

だが、どの道を行っても、うっすらと明るい壁の片側には、生首が並んでいる。それは壮観と言えるくらいの多さである。

よく見れば、生き人形の首だが、きわめて精巧につくられていて、触る気にもなれないくらいである。

「なあ、文治。もしかして、これで殴ると、あんなふうに頭が砕けるのかな」

と、竜之助が言った。

「あ、ほんとですね」

すると、今朝次が後ろから言った。

「それはないでしょう。福川の旦那、持ってみてくださいよ」

「どれどれ」

竜之助は、わきにあった首をそっと手に取った。わきに札があり、〈おだのぶながの首〉と、たどたどしい字で書いてある。本能寺で見つからなかった信長の首は、こんなところまで来ていたらしい。

「あ、軽い」

「ね、無理でしょ」

「こっちも？」

お河童《かっぱ》頭の首を手にした。〈てんいちぼうの首〉である。

これも軽い。

焼き物だが、中ががらんどうで、こんなので殴ったりしても、すぐ割れてしまうだろう。タンコブさえつくれそうもない。

前を行く男女の話し声が聞こえてくる。

「有名な人の首ばかりだな」

「源義経の首だって」

「こっちはねずみ小僧だ」

「井伊直弼《いいなおすけ》だって」

井伊直弼の首はかなり差し障りがありそうである。頭の固い武士が見たら文句を言いそうだが、もっともそういう人は、こんなお化け屋敷になどは来ないだろう。

「ねえ、これ、動いた」

女のほうが言った。

「嘘つけ」

「ほら」

「ぎゃあ」

じっさい触ったら、ほんとに動いたらしく、男はつれの女を置いて、駆け出すように先へ行ってしまった。

「ときどき、人が首だけ出しているやつもあるんです」

と、今朝次が説明してくれる。

途中、少しだけ広くなったところでは、〈首の活け花〉という催しがあった。着飾った女が活け花をしているのだが、花器が、上を向いた人の首なのだ。目を剝《む》き、口を歪《ゆが》めた苦悶《くもん》の表情を浮かべている。

この顔に、花を活けていく。

「こら、また、悪趣味だな」

竜之助は呆れて、思わず口にした。

まもなく、首が並ぶ道が終わり、広くなったところに出た。

ここまで来た客がそれぞれ感想を話している。そのなかに、気になる感想があった。

「さっき、そっちにあった生首って本物だったよな」

と、言っている人がいて、この人はどうやら盲目らしいのだ。

「本物なんか置くわけねえだろう」

手を引いてあげていたつれが言った。

「でも、おれはひとつずつ撫《な》でながら来たんだぜ。生き人形は触ればすぐわかるだろう。焼き物の感触だから。それで、何人か、生きている人もいたよな」

「ああ、いたな」

「一つだけ。冷たくて、でも、人の肌でというのがあったんだ。なにか、新しい材料でつくったやつかなとも思ったけど、あれはやっぱり本物の生首だよ」

盲目の人がお化け屋敷に来るというのも面白いが、感想も独特らしい。

その盲人に竜之助は声をかけた。

「いまの話、ほんとうですかい？」

「ええ」

「どこらへんにいたので？」

「終わりから数えると、十四か十五くらいの首でしたよ」

確かめてみたい。だが、狭い通路なので、こっちから逆行すると、ほかのお客の迷惑になるだろう。

「今朝次。裏から行けねえかい？」

「ええ。こっちにどうぞ」

目立たないところに戸があり、すばやく外に出た。

ここは戸外であり、陽の光が直接差している。まぶしくて、三人とも目が慣れるまでしばらくじっとしていた。

だが、すぐに慣れて動き出す。

「数えて十四、五くらいもどると言ってたな。このあたりだ……なんだ、これは？」

竜之助は、足元に長い髪の毛がごそっと落ちているのを見つけた。

「もしかしたら、丑松の地毛かもしれねえぜ」

筵をめくると、人ひとりが座っていられるくらいの場所がある。

「ここに遺体を座らせて、髪を髷《まげ》が結えるくらいの長さに切ったんじゃないかな。別の遺体に見せかけようとでも思っているのかな。それで通路向きに座らせておいたところを、あの盲人が顔を触ったんだ。そりゃあ、本物の生首と思うぜ」

「なるほど」

文治がうなずき、

「そこらにいるやつに訊いてみては？」

と、今朝次が言った。

少し先に本物の首を出している男がいたので、訊いてみた。

「ここを、死体をかついだ男が通っていかなかったかい？」

「あ、やっぱり死んでたのか。お岩がそこらでこそこそしてたので、なにしてんだって訊いたんだよ。そうしたら、友だちが気分悪くなったので向こうに連れて行くんだと、背負って行ったぜ。気分が悪いというより、気分もなにもなくなったような顔をしていたからなあ」

生首に扮していた男は、筵から顔だけ出してそう言った。

「やっぱり久太だな」

髷を結った丑松を背負って、久太はどこに行ったのか。

「いったい、何をするつもりなんでしょう?」

文治は薄気味悪そうに言った。

四

やよいが木戸銭を払って、地獄村に入ろうとすると、わきから来た二人が偉そうにほかの客を押しのけて中に入った。

坊さんと羽振りのよさそうな町人の二人づれみたいだが、その後ろから弁慶みたいに大きな坊主と、すばしっこそうな若い男がつづいた。こちらはそれぞれ前の二人の用心棒みたいなやつらしい。

「どうも、超弦さまに、八田さま、わざわざお越しいただきありがとうございます」

入口で、やくざ者みたいだが少し歳がいった男が、深々と頭を下げた。

「なんだい、三十郎は挨拶にも来ないでどうしたんだい？」

八田と呼ばれた男が言った。その三十郎という男に不満らしい口調である。

「はい。入口でお迎えするつもりでしたが、いま、中でいろいろあって、お岩の場が終わるところでお待ち申し上げているはずでございます」

「あ、そうかい。じゃあ、噂の地獄村をとくと見物させてもらうよ」

そう言って、中に入ろうとした。

すると、別の若い男が、

「ご住職さま、町名主さま。これはうちの趣向でお守りなんです。出口でおもどしいただくと、無事に出られたお祝いとして、代わりに一両を進呈させてもらいますので」

と、四人分を差し出した。

「ほう。褒美一両とは豪気なもんだね」

四人はそれを受け取って、中へ入って行く。

すぐ後ろにつづいたやよいは、若い男に、

「木戸銭も払ってない連中でもご褒美がもらえるの?」

と、厭みを言った。

暗い細道を進む。

そのあいだ、超弦という坊主と、八田という町名主がこんな話をするのを聞いた。

「超弦さま。しばらく出てなかったのが、また出るようになったそうですね」

「それは、ここのお岩がやっていることじゃないのかね」

「あたしもそうは思うのですが」

「じっさい見せてもらおうじゃないか。ほんとに出るのなら」

「さすが、和尚さんは幽霊など怖がらない」

「幽霊を怖がってちゃ坊主はやれないもの」

「あたしはどうも、その手の類《たぐ》いは苦手でしてね」

「それにしても、久太は何の話があるというのだろう?」

「命日だから経でもあげてもらいたいのでしょう」

こそこそ話しているが、やよいは耳がいい。忍びの術の訓練を受けた、いわばくノ一なのである。

坊主のほうは、まさか浅草寺の住職ではないだろう。
町名主はどこの町なのか。
いずれにせよ、このあたりでは相当に力のある人たちなのだ。
その二人が、ここに本物の幽霊が出るというのが気になって、確かめに来たと
いったところらしい。

五

第二場を先に進もうとしていると、

「福川。待ってくれ」

と、呼ぶ声がした。

なんと、与力の高田九右衛門が息を切らしながら追いかけてきたではないか。

「高田さま、どうなすったんですか？」

「うむ。浅草寺の門のところで、矢崎に会ってな、そなたはなにか起きてこっち
にいるというので駆けつけて来てやったのじゃ」

恩着せがましい口調で言った。

「それは、それは。矢崎さまは、浅草寺の門のところでなにを？」

「おかしな死体が出たのさ」

「そっちでも？」

どうりで矢崎が入口の近くからいなくなったはずである。

「だが、向こうは矢崎と戸山もいる」

「戸山さまも来られたのですね」

「だから、向こうはあいつらにまかせ、わしはこっちに来てやったのさ」

来てくれたというより、逃げて来た感じがする。

「お岩のところは面白かったでしょう？」

と、竜之助は訊いた。

「お岩？　そんなものは知らない。わしは、とにかくそなたに追いつくのに、ひたすら急いでいたのでな」

「すごく息を切らしてますね」

高田が転びそうになりながらも、走るようすが目に浮かんだ。

「奇怪な殺しなので、矢崎はそなたに来てもらいたがっているだろうな」

「そんなにおかしな殺しなのですか？」

「人が真っ二つに斬られ、赤と黒の風呂敷包みに分けられ、門の風神の前と雷神の前にそれぞれ置かれていたのだ。なにか、意味ありげだろう？」

「へえ、そんなことが。でも、こっちはこっちで、ひどく奇妙なことになってきてるんです。こっちを解決しないことには向こうには行けませんよ」

どうせ、浅草寺の門前で起きたのなら、人手が足りないということにはぜったいにならないだろう。

こっちは、おそらくいくら人がいても足りないことになりそうだった。

「そういえば、途中でそなたの家の女中を追い越したぞ」

「やよいを？」

なぜ、やよいがここに来ているのだろう。

「では、そのうち追いついて来るでしょう。それより、先に進みますよ」

と、竜之助は歩き出した。

たくさんの首が紐で吊るされていて、道の中で左右に大きく揺れている。それが通路の先までずうっとつづいている。

この首に当たらないようにしながら、先へ行かなければならない。

だが、この左右に動く首だけを見ていると、足元にある首を踏んだりする。

「凄いな、福川は。一度も当たらないではないか」

高田は歩き出すとすぐに、何度も横からの首の一撃を喰《く》らった。

「高田さま。そんなに当たって痛くないのですか？」

また、当たった。

「痛くはないのだ。ただ、気持ち悪い。ぬめっとするから」

「ぬめっとするのですか」

触ってみようかとも思ったが、それを聞くと気持ちが悪い。

「最初のころは、薄い焼き物だったんです。すぐに割れて、怪我もしないような。でも、数にきりがないので、割れない張り子の首にしました。ただ、それだけだとつまらないので、顔に薄いこんにゃくを張りつけたんです」

と、今朝次が説明した。

「こんにゃくか、この感触は」

そう言う高田に、また首が激突した。

六

やよいはできるだけ急いで、すべてのお岩の部屋をまわった。

この中でなにかあったとは聞いたが、どこであったかはわからない。ここの若

い者に訊いても、

「さあ。町方の同心はいたみたいだがね」

と言うくらいで、さっぱり要領を得ない。

次に行ってみようと、この場の出口に来ると、さっきの超弦和尚と、町名主の八田なんとかに出会った。

その二人を迎えるようにしていた機嫌のよさそうな五十くらいの男が、

「どうも、どうも。和尚さまに、名主さま」

と、平身低頭した。

やよいのわきにいた客がその男を知っていたらしく、つれに向かって言う声がした。

「あれがこの地獄村をつくった、火鉢の三十郎ってんだ」

「あれがか。もともとここらのやくざなんだろう?」

「そう。新門の大親分の下っ端さ。でも、この地獄村が当たったもんだから、たいそうな羽振りだぜ」

「三十郎がぺこぺこしてるのは誰なんだろう?」

「坊主のほうは知らないが、こっちは花川戸町の名主の八田八郎左衛門だよ」

「ま、坊主も大方、浅草寺の子院の大物ってところだろうな」

どうやら町の顔役が視察だか見物だかに来て、この地獄村の村長《むらおさ》がご機嫌うかがいに出ているらしい。

この調子で一通り見てまわらせ、最後は豪勢な袖の下を渡すのだろう。もちろん賞金の一両も。

「このひと月でまた、仕掛けがたいそうになったらしいな」

名主が言った。

「ええ。おかげさまで」

「本物が出るというのはどうなったかな?」

と、坊主が訊いた。

「出るという噂はあるんですよ。ただ、あっしはまだ見ていないので、ぜひとも見てみたいと思ってます」

三十郎はしらばくれた口調で言い、

「では、次にお進みください。あっしはいろいろあって、ごいっしょできませんが、第四場ではごいっしょさせてもらいますので」

と、奥のほうへ手を差し出すようにした。

「たいへんだな」

名主がいかにも口だけというように言った。

「はい。いまも、町方の同心が入ったりしてまして」

「町方の同心が？」

「ええ。ちっと客が途中で死んだりしていたため、いちおう調べに入っただけです」

「そういうときは、わしたちのほうにもちゃんと報せてくれぬと困るな」

そう言って、第一場の終わりへ向かった。

お岩たちもこの二人を直接は脅かさない。それはするなと言われているのだろう。

二人の前の客を脅かし、その驚きっぷりを見せようという作戦らしい。

——まったく嫌らしいわね。

岩の中から出たお岩のわきを通ったとき、名主の八田に誰かがぶつかり、八田はよろめいた。

「危ないな」

ぶつかった男はなにもいわずに先へ行ってしまった。

「あ」

名主の顔色が変わり、

「どうした、八田？」

慌てたように坊主が訊いた。

「盗られた」

「なにを？」

「巾着……まずい」

「そんな大金を？」

「いや、違う。例の煙管の先を」

「なんだと」

小声のやりとりだが、やよいはしっかり聞いた。

同時に、さっきの男を追った。

狭い通路に入った。狭すぎてほかの客を追い越せない。

目立たない男だった。無地で、なんの特徴もない着物を着ていた。暗いから色さえ思い出せない。

だが、数人先にいる。

スリはいつまでも巾着を持たないとも聞いたことがある。金だけ抜いて、すぐに捨てる。いつまでも持っていれば、証拠になってしまう。

あの男もそうするのか。

別れ道に出た。あいだに男が一人いるだけになった。

うつむいている。たぶん巾着の中身を見ているのだ。

ふいにスリがなにかした。身体が横を向いた。なにをしたのだろう。

巾着を捨てたのだ。

巾着はどこ？　落ちていない。このあたりで横を見た。首があるだけ。首の下に隠したのか？

やよいはすばやくわきの首を持ち上げた。ない。もう一つ持ち上げると、あった。巾着が隠してあった。それを取り、すばやくたもとに入れた。

生首の通路を抜けた。

後ろから、超弦と八田の用心棒たちがやって来て、やよいを追い抜いて行った。スリを追っているのだ。だが、あのスリは捕まらない。だいいち、顔だってわからないに違いない。

やよいは見つけた巾着を開けた。

確かに煙管の先が入っていた。これのなにが、盗まれてそんなに大変なのだろう。

七

次の一画もまた、竜之助に言わせると、なんとも奇体なものだった。

香具師《やし》のような口上を述べる男がいて、

「海の向こうの西洋には、断頭台というものを使う処刑法がありましてな。それがこれ。この穴のところに、罪人の首を突っ込む。そうしておいて、この綱を引く」

すると、斜めになった大きな刃がストンと落ちた。

「首がどうなるかわかりますな。わが国には、首斬り浅右衛門《あさえもん》のような名人がいる。だが、西洋にはそうした武士はいないのでしょうな。そのためにこうした機械に代行させているわけです」

男は客を見回し、さらに声を張り上げる。

「本来なら、ここに罪人を連れて来て、首を突っ込ませて実演するのがいちばんわかりやすい。だが、小伝馬町《こでんまちょう》の牢屋敷から罪人を借りてくるわけにはいかない。それで、このあいだまではかわりに人形を使い、実演させていた。首がごろん、血がどばっ。ところが、これがやっぱり刺激が強すぎた。ご覧になってわかるように、この地獄村には若いお嬢さまや、小さなお子さんたちがたくさんいらっしゃる。ただのお化けと違って、なんか生々しく感じてしまうんでしょうな」

男がそう言うと、

「あたしは見たいけど」

などという娘の声がした。

「なかには気の強い莫連《ばくれん》娘もいる。だが、たいがいはおとなしくて可愛らしいお嬢さまやお子さま方。そこで……」

男は手に持っていた扇子で、断頭台の柱のところをぱしっと叩いた。ほとんど講釈師のようである。

「この断頭台では大根で実演することにした。しかも、ただの大根ではつまらない。あんなものは剃刀《かみそり》でだって切れる。ここに取り出したのは沢庵《たくあん》漬け。しかも、三年もの長きにわたって漬け込んだ飴《あめ》色《いろ》の沢庵漬け。これを一本ではない。五本まとめて切ってみせる」

そう言って、男はいかにも歯ごたえのありそうな沢庵漬けを五本、本来なら人の首が入る穴に差し込んだ。

そこで、

「はいっ」

と、刃を落とす。ごろごろっと沢庵漬けが半分になった。

「しかも、よく見てちょうだい。今度は、少しだけ前に出し、また刃を落としてみます」

次に落ちた刃は、沢庵漬けを紙のように薄く切ってみせた。

「どうです、この薄さ」

と、男が薄く切れた沢庵漬けをぱりぱりと食べてみせると、お客たちから、

「うぉーっ」

という驚きの声が上がっていた。

「不思議な見世物だよな」

と、竜之助が半分、感心し、半分、呆れたような声で言った。

「うまいでしょ。あの人は浅草寺の境内でいちばん売上げが多い的屋《てきや》なんです」

今朝次が教えた。

「なるほどな」

「それより旦那、いま、そっちで面白い話を聞きました」

今朝次は、竜之助が断頭台の見世物を見ているあいだ、隅のほうで仲間と話をしていたのだ。

「なんだい、面白い話ってのは？」

「ちっと前に、ここを通り過ぎて行ったらしいんですが、お化けをまったく怖がらない女の客がいたんだそうです」

「怖がらない？」

「ええ。脅そうがなにしようが、まったく動じない。顔色ひとつ変えない。ふん、てな具合ですうっと通り過ぎて行ったそうです」

「怖がらなくても、気味が悪いとか、それくらいの反応はあるだろう？」

「それもないらしいです」

「ふうん」

たしかに、なんだか興味をそそる話である。

と、竜之助は訊いた。

「若い女かい？」

「二十三、四ってとこだそうです。化粧などはほとんどしておらず、なんとなく土臭いけど、でも顔立ちはきれいな女だったそうです」

「一人で来ていたのかい？」

「ええ。つれはいないそうです」

「お化け屋敷なんざ、怖いと思う気持ちがあるから面白いんじゃないのかね？」

と、竜之助は言った。

竜之助自身、お化けはあまり怖くない。だが、なにが出てくるかわからないというのは、やはり恐怖を感じるし、この地獄村はそんな気持ちをうまく利用していると思う。

「そうですよね」

「なんのために来ているのだろう？」

「それで、うちの連中が言ってるんですが、お化けが怖くないのは、自分がお化けだからじゃないかって」

今朝次はそう言って、面白そうに笑った。

これには、わきで聞いていた文治も笑った。

だが、竜之助だけはにこりともせず、

「あ、そうかもしれねえな」

と、言った。

八

断頭台の一画を抜けると、もうちょっと広々とした部屋に出た。

「旦那たち。ここがうちでいちばん人気のある見世物なんです」

と、今朝次が自慢げに言った。

「へえ、ここがかい」

たしかに部屋いっぱいに立ち見客がいる。

皆、正面にあるちょっと高くなった舞台のほうを見て、幕が開くのを待っているようすである。

「ろくろくろっ首ってやつなんですがね」

「え、ろくろく……」

なんだか言いにくい。

「つまり、ろくろっ首の娘が六人出てきて、首を伸ばしながら唄うんですがね、昔のお奉行さまで、根岸肥前守《ねぎしひぜんのかみ》という方がいたんでしょ？」

「ああ。『耳袋《みみぶくろ》』という随筆を書いたことでも有名な名奉行だよ」

「その根岸肥前守が、若いころの放蕩《ほうとう》時代に見世物のため考えたものだという噂があるんですよ。それが両国の香具師に伝わり、いまもこうして演目として登場するらしいですぜ」

「へえ」

「あ、始まります」

三味線の音が鳴り響いた。

幕が開くと娘が六人、並んで三味線を弾いている。皆、可愛い顔立ちの娘である。

やがて、その首が少しずつ伸びはじめた。

「伸びてる、伸びてる」

と、客もざわめき出した。

たちまち胴体から一間ほど離れてしまった。

若い娘たちの首が六つ。それらが唄いながら、ばらばらに宙をまわる。いったいどうなっているのかわからない。見事な仕掛けである。

加えて、歌がまた、いい調子なのだ。

〽あたしゃ陽気なろくろっ首よ
めげたりなんかしませんよ
首が長けりゃ遠くも見える
寝ながら油も舐《な》められる
いいこといっぱいろくろっ首よ

まったく怖くない。むしろ楽しい。お化けがこんな面白い娯楽になるとは誰も思わなかったのではないか。

「およね、こっち向いて！」

「おさよがいちばん！」

「おいらは、おこんが好きだぜ！」

それぞれに声がかかる。六人のろくろっ首には、別々に贔屓《ひいき》がついているらしい。

「これはたしかに楽しいな」

と、竜之助も言った。

「そうでしょ」

今朝次も嬉しそうに舞台を見ている。さっきまでのひねくれた表情とは違う。

しかも、高田九右衛門や文治まで、仕事のことを忘れて楽しそうにしている。

あまりの趣味の悪さにうんざりしていた客も、ここでホッと一息つくのだろう。

舞台が終わると、こんな声も聞こえてきた。

「これが見たかったのさ」

「もう、いいよ。この先まで行っても、危なくて怪我したりするらしいから、これで帰ろうぜ」

などと、かなりの客がここで帰って行くらしい。

ふと、前のほうからこっちに来た客の中に、知った顔を見つけた。

「おう、お佐紀《さき》ちゃんじゃねえか」

瓦版屋の娘で、面白い記事を書くためなら、どんなところにも顔を出す。

「まあ、福川さま」

「初めて来たのかい？」

「いいえ、今日で三日連続なんですよ」

「あれ、まさかお化けを怖がらない客って、お佐紀ちゃんじゃねえよな？」

「なんですか、それ？　あたし、お化けは怖いですよ。お岩のところなんかきゃあきゃあ叫びっぱなしだったんですから」

それなら違うだろう。しかも、お佐紀を見て、土臭い感じがすると思う人はいない。ちゃきちゃきの江戸娘である。

「ここが、そんなに気に入ったのかい」

「違うんです。ほら、これ。ここの案内本をつくっているんです」

お佐紀は手に持っていた図面のようなものを見せてくれた。

「案内本？」

「全体の絵図面も入れ、怖いところなども教えてあげるんです」

「そんなもの、逆につまらないんじゃねえのかい？　なにが出てくるかわからねえところがいいんだろう？」

「それが違うんですよ、福川さま。ここは、二度目、三度目の客も多くて、ここは見たとか、これはまだ見てなかったとか、そういう使い方もするんです」

「へえ」

「しかも、さっきのろくろくろっ首の娘たちを紹介する記事は、凄い人気になるんですよ」

「なるほどな」

たしかに周りを見ると、そんなような冊子を持っている客もいる。

「それで、第五場までぜんぶわかっちまうのかい？」

「いいえ、最後まで載せるのは禁じられているんです」

「どこまで？」

「すっかりわかるのは、第三場の船魂までです。第四場のお菊《きく》のところは、ちらっと雰囲気だけ。第五場はいっさい書いては駄目なんです」

「へえ」

「それに」

「なんだい？」

「わたしも第三場の先は行ってないんです。とてもじゃないけど、第三場に行ったら、その先は行けないというか、行く気がなくなるというか」

「お佐紀ちゃんがねえ」

第三場というのは、よほど恐ろしいところらしい。

「お佐紀ちゃん。その絵図面を貸してはもらえねえかな？　じつは、何人か追いかけている連中がいて、そいつらを捜すのにも役立ちそうだ」

「あ、それにあらたに書き込んでいたのですが、いいですよ。わたしはだいたい頭に入ってますから」

「すまねえな」

竜之助は書きかけの絵図面を借りた。

「それより、なんかあったんでしょ？」

「まあな」

「教えてくださいよ」

「うん。でも、まだ、なにが起きてるのか、さっぱりわからねえんだ」

「福川さまでも」

「もうすこしいろんなことがわかったら教えるよ」

「わかりました。そういえば、雲海《うんかい》和尚と狆海《ちんかい》さんもいっしょなんですよ」

本郷《ほんごう》にある大海寺《たいかいじ》の和尚と小坊主である。二人ともおしゃべりで、とにかくぺらっちょぺらっちょよく話す人たちである。

「え、あの人たちはわざわざこんなところに来なくても、自分のお寺でいくらでもお化けなんて見られるんじゃないのかい？」

「あたしもそう言ったんです。そうしたら、和尚はお化けなんざいままで一度も見たことがないって怒ってました」

「そうか。じゃあ、おいらは仕事なので先に行くぜ」

と、お佐紀ともひとまず別れることにした。

九

第三場の門の前で、

「福川、腹が減ったな」

と、高田が言った。

「そうですね」

もう正午くらいになるかもしれない。腹が空いてきても不思議はない。

しかも、わきのほうからいい匂いがしてきた。

「飯になさいますか?」

今朝次が訊いた。

「うん。そこは飯屋だろ。おいらたちが食べてもいいんだろ?」

「いえ、旦那方の昼飯は別にご用意いたしますよ。部屋も準備しているはずです。うなぎでいいですかい?」

今朝次が裏のほうへ行こうとした。

「ちょっと待ちなよ、今朝次」

竜之助は呼び止めた。

「え？」

「おいらたちは、調べで来てるんだ。そんなことをされたら困るんだよ。そこでかまわねえ。あんたもいっしょに食おうぜ」

「あっしらは、客といっしょに食ってはいけないんです。じゃあ、旦那たちはそこでどうぞ。あっしは裏でちゃちゃっとかっ込んできますから」

今朝次は裏のほうに行ってしまった。

「あまり客はいませんね」

文治は、屋台と縁台が並ぶあたりを見て言った。

「品書きがありますよ」

竜之助が屋台の屋根から下がった紙を指差した。

品は二品しかないらしい。地獄汁というのと、それにうどんが入った地獄うどんというやつだけ。

しかも、地獄汁は五十文、地獄うどんは七十文もする。

「うどんが七十文というのは高いですね」

竜之助が言った。

「しかも、なんだかおかしな料理だぞ」

高田が屋台の中の鍋をのぞきながら言った。

「おかしいですか？」

「嗅《か》いだことのない臭いがぷんぷんするし」

高田がそう言うと、

「七味が山ほど入っているんじゃないですかね」

文治が言った。文治は家が寿司屋だから、匂いには敏感なはずである。

「中《あた》りますかね？」

と、竜之助は高田に訊いた。

このあいだ、奉行所ではふぐ中毒があり、竜之助はそれには中らなかったが、ほかの同心たちが壊滅状態になってひどい目に遭《あ》った。

「あれだけぐつぐつ煮込めば、たいがいの中毒はないだろうが、ふぐの内臓なんかあったら駄目だな」

「ふぐはないでしょう。あれば、そこらでばたばた倒れてますよ」

竜之助は笑った。

「福川、ちょっと食べてみろよ」

高田が竜之助の背中を押した。

「ええっ」

「若いうちは、ちょっとくらいの毒は薬になったりするものなんだ」

「そんな話、聞いたことありませんよ」

「だいたい、そなたは天運というものに恵まれている」

「おいらがですか？」

むしろ運勢は悪いほうのような気がする。

「そういう男は、食中毒になどならぬものなのだ」

だが、先祖の家康公は、タイの天ぷらに中って亡くなったはずである。

「どうしようかな」

「旦那、やめておきましょうよ」

文治は止める。

「ちょっとだけ食べてみてはどうだ？」

一生懸命勧める高田が可愛らしく見えてしまう。

「じゃあ、ちょっとだけ食べてみますよ」

と、地獄うどんのほうを頼んだ。

見かけはけんちんうどんのようだが、ほの暗い明かりのもとでも、汁が赤っぽいのがわかる。

恐る恐る一口すすった。

「うわっ」

「どうした」

「辛いです。でも、味は悪くないような」

辛いけれど、いろんな味がとけていて、旨味《うまみ》たっぷりである。

「うん、うまい」

ふうふう言いながら食べはじめた。

「わしも、地獄うどん」

「おいらも」

三人で食べはじめたとき、

「竜之助さま」

と、前に女が座った。薄暗いなかでもやけに色っぽいのがわかる。

「やよいじゃないか」

高田が追い越したと言っていたが、ここで追いついたらしい。

「矢崎さまからここにいらっしゃると聞きました」

「そうか」

「いろいろお話はあるのですが、とりあえずわたしも地獄うどんを」

と、やよいもどんぶりを前に置いた。

十

小坊主の狆海は、第三場の船着き場の近くで、草むらの中にしゃがみ込んでいた。

ちょっと疲れてしまったのだ。

——まったく和尚さんときたら、すっかり興奮してるんだから。

いっしょに来た雲海は有頂天になって、あちこち駆けまわっているのだ。もう、狆海のことなどまるで眼中にない。

「ろくろっ首のおこうちゃん。どこに住んでいるのか、ちょっと訊いてくる」

そう言って、第二場に引き返してしまった。

ふと、近くで声がした。

「おい、岩錦《いわにしき》」

「なんだ、春次郎《はるじろう》じゃねえか」

「どうした、お岩はうまくやれたのか？」

「わからねえ。一人やったんだが、お岩は一人じゃなく、ほかに何人もいやがったんだ」

「そうなのか」

「しかも、殺したお岩は消えるわ、何人かのお岩もこの先に行っちまうわで、後を追っかけてるのさ」

「そいつはご苦労なこった」

なんだか物騒な話をしている。狆海はそっと顔を上げ、声のするほうを見た。

先に男が二人いて、そこにもう一人が加わって来たらしい。そのうちの一人は、怖ろしいくらい大きな男だった。

「おめえはなにしに来たんだ、春次郎？」

「伝言を持って来たんだよ。親分がもうちょっとここにいろとさ」

「なんでだい」

「やっぱり、いつまでも火鉢の野郎をのさばらせちゃおけないとなったんだろうな。今日のうちに殴り込みをかけるのさ」

「そうかい。おれも早いほうがいいと思ってたぜ」

「裏からまわって、最後の五場ってところから押し寄せるから、おれたち三人は先にそっちに行って待機しとけってさ」

「え、五場まで行くのかよ」

「どうした？」

「一人殺したあと、こんなところに入っていると、なんだか気分が悪くなってくるぜ」

と、岩錦と呼ばれた男が言った。

——一人殺しただって……。

狆海は胸がどきどきしてきた。

第三場　船《ふな》魂《だま》

一

竜之助たち四人は、しまいには汗を流しながら、地獄うどんを食べ終えた。

「うまかったなあ」

竜之助がそう言うと、ほかの三人もうなずき、

「この辛さがたまらぬな」

と、高田が言った。

ちょうどそこへ、裏で昼飯を食べ終えた今朝次がもどって来た。

「どうでした、地獄うどんは？」

「うまかったよ」

竜之助がそう言うと、

「え、うまかったんですか？」

と、首をかしげた。

「うまいと変なのかい？」

「あそこでうどんをつくってる男ですが、このあいだまで的屋《てきや》で招き猫を売ってたんです。料理なんかしたことは一度もないってやつでね。だから、最初のころはまずくて評判だったんです。それで味を加えるたびにまずくなって、これじゃブタも食わねえってくらいになったので、辛いのをしこたま入れてごまかそうかなんて言ってたくらいですぜ」

今朝次が笑いながら言った。

「それが功を奏したのだな。食いものの世界では、そういうまぐれは往々にして起きるものさ」

高田はそう言って、残った汁をいつも持ち歩いている竹筒に入れた。

「どうなさるんですか、それ？」

「うむ。味を詳しく調べるのだ。わしは、江戸の料理人たちには、南町奉行所の味見方《あじみかた》与力などと言われているくらいでな」

高田は嬉しそうに言い、竹筒のふたをねじるように締めた。

「そういうものをいつも持ってるんですかい？」

「うむ。これが最近、外れやすくてな」

「高田さまは、あまり町方のお役人らしくないのですね」

と、今朝次は言った。好意をおぼえたような口調である。

だが、今日は外回りだから持って来ていないが、あの高田の閻魔帳《えんまちょう》を見たら、いかにも町方のお役人だと思うことだろう。

「今朝次。ここには、ほかにも食いもの屋はあるのか？」

と、高田は訊いた。

「あります。第四場と第五場のあいだにおでん屋があります。そこはうまいですぜ。なんせ、つくってるやつは、日本橋の百川《ももかわ》でも一、二を争う板前だったんですから。それが喧嘩で板前仲間を刺しちまい、小伝馬町に入れられたあとはやくざにまで落ちぶれたって男ですよ。味は百川にも負けねえってくらいで」

「そりゃあ、楽しみだ」

「でも、そこまでたどり着ける客がほとんどいないんでね。いつも売れ残ってぼやいていますよ」

今朝次の言葉からも、この第三場がたいへんな難関だというのがわかる。

「竜之助さま。ちょっと……」

やよいは話があるみたいなので、ほかの連中からちょっと離れたところに場所を移した。ここらは屋台のわきから外の陽が洩《も》れていて、明るくなっている。

「どうしたんだ？」

「じつは、今朝……」

と、いきなり訪ねて来た武芸者のことを伝えた。

「棒を背負っていた？」

「はい。革の袋に納めてありましたが、かなり細くて、わたしはたぶん鉄の棒ではないかと思いました」

「ふうむ」

やよいの勘は馬鹿にできない。

「かんじゅつ、と言ったのだな？」

「はい。かんじゅつって何のことでしょう？」

「竿《さお》と書いてもかんと読む。もしかしたら、そっちのほうかもしれねえな」

「竿術？　そんな武器があるんですか？」

「西洋の刀がそんなものらしいぜ。それと似てるのかもしれねえ」

「西洋の刀……」

「断わったか」

「人違いでしょうとしらばっくれました。でも、こっちの言うことを聞く耳など持たない人のようでした」

「適当な言い訳はないものかな」

「適当なですか？」

「うん。先祖が夢枕に立ち、他流試合を禁じたってのは駄目かな」

「先祖って家康公ですか？」

「家康公でも、家光公でも、吉宗公でも」

「なるほど」

「あるいは、流行り病に罹《かか》って、風鳴の剣を忘れたってのは？」

「そんな流行り病なんてあるんですか？」

やよいは、それはあまりよくないという顔をした。

「中風になるにはちと早いしな」

「それはすぐばれますよ」

「ま、いいや。なにか適当に考えておくよ」

どっちにせよ、いまはそれどころではないのだ。

「それと、この中に腕のいいスリが入っています」

「それは文治も言ってたよ。見たのかい？」

「ええ、この目で見ました。客にちょっとぶつかるようにしたと思ったら、巾着を抜いていました」

「へえ」

「しかも、巾着を抜かれたのは、この村を視察に来たらしい町名主の八田という男なんです。その慌てようったらただごとではありませんでした」

「では、盗まれたのは金じゃないんだろう？」

「ええ。例の煙管の先を、と言ってました」

「例の煙管の先？」

それは、なんのことかわからない。

「それで、わたしはそのスリのあとをつけました」

「凄いね」

「スリはお金だけを抜いて、巾着は飾ってあった首の下に捨てました」

「だろうな。万が一、捕まったとき、巾着なんか持っていたら、言い逃れができないからな」

「それで、これがその巾着です」

と、やよいはいかにも豪華な絹の巾着を差し出した。

「なんだ。拾っておいてくれたのかい？」

「煙管の先も入っています。あの町名主はぜったいにろくでもないやつだし、その煙管の先っぽもなんかわけありですよ」

「おう。じゃあ、これはいま追っかけてる件が解決したら、くわしく調べることにするよ」

「わかりました。では、武芸者のことはくれぐれも気をつけて」

と、やよいは踵《きびす》を返そうとした。

「なんだ、帰るのかい？」

「これで用事は済みましたので」

「せっかく来たんだもの、一回りしていったらどうだい？」

竜之助がそう言うと、やよいの目は輝き、頬にさっと赤みが差した。それは竜之助もハッとするほど色っぽい表情だった。

「まあ。若さまったら、おやさしいんですね。やさしくされたら、女は惚れてしまったりするんですよ」

「な、なんだよ。そうやって人を脅かすなよ」

竜之助はひどく慌てふためいたのだった。

二

磔《はりつけ》の刑場みたいな黒い門をくぐって第三場に入ると、いきなり水辺の光景が広がった。

水辺といっても、大川の縁のような、広々とした雰囲気はない。どこかどんよりとした、古池のほとりのような重苦しい感じがする。

竜之助と文治、高田、やよい、そして今朝次の五人は、岸辺に立った。

前を流れるのは幅二間くらいの小川で、蛇行しながら左のほうに回り込んでいるのが見える。深さは底がうっすら見えるくらいで、そう深くはないはずである。岸辺の草の繁りようを見ると、この地獄村のためにわざわざ掘られたものではないだろう。

「こんなところに川なんかありましたっけ？」

と、文治が言った。

「池はあったような気がする。この川はたぶん用水路だったやつだろうな」

高田が以前の景色を思い出そうとした。

竜之助は空や周囲を見回して、

「そもそも、ここは外だよな。やけに暗いんだけど」

と、今朝次に言った。

「ええ、いちおう外なんですが、いろんなものを使って、できるだけ日差しを遮っているんですよ」

「木が多いしな」

常緑樹の楠《くすのき》や椿《つばき》の大木がおおいかぶさるように植えられている。

また、南側の柵はかなり高くまで筵が張られているので、直射日光は当たらない。ましてや、今日は雲の多い天気で、いっそう暗く感じられるのだろう。

「からすが多いのも嫌ですね」

と、文治はすぐわきの木を指差した。一本の木に十羽ほどのからすがとまって、ぎゃあぎゃあとうるさく喚いている。

「からすはむしろ餌をやって、飼ってますからね」

今朝次が言った。

「飼うかね、からすを」

文治は嫌な顔をした。

「ここは、まず、舟に乗って細い川を進みます。この一画に裏道はないので、これに乗るしかありません」

今朝次が上流のようすをうかがいながら言った。

「じゃあ、久太もこれに？」

「まさか死体を背負っていちゃそれは無理でしょうから、裏からもう第四場に入ったかもしれませんね」

「でも、道づれお岩は、第三場にも出るんだろ？」

「第四場の隅から第三場の最後のところにはもどれますからね」

「なるほど」

とりあえず、客が進む道を行くことにした。

上流から舟が来た。

ふつうに見かける猪牙舟《ちょきぶね》より一回り小さい。つくりも、もっと平べったい。

「どうぞ。乗ってください」

今朝次は竜之助たちを乗せ、自分も乗り込んだ。

すぐあとから、三人の客が来て乗った。そのうちの二人はさっきの盲目の客とつれである。

口ぶりからすると、盲目の男は叔父で、つれの若者は甥《おい》っ子みたいである。

もう一人は、いつの間にか竜之助たちの後ろに来ていた女。歳ごろ、二十三、四といったところか。

顔色が悪く、表情はほとんどない。

「福川の旦那」

今朝次はささやくように言った。

「なんだい？」

「いちばん後ろに座った女、もしかしたら噂になっていた女じゃないですか？ほら、お化けをまったく怖がらないって言ってた……」

歳ごろ二十三、四。つれはいない。器量は悪くないが、どことなく土臭い――たしかに話とぴったり合う。

「そうかもしれねえな」

「足はありますよね」

「ん？」

暗いうえに、膝から下を風呂敷包みで隠すようにしているので、よくわからない。

「さあ、どうかな」

竜之助は首をかしげた。

ともかく、これで舟の席は埋まった。狭いので、皆、膝を抱くように座っている。

「舟が出ます」

船頭が暗い声で言った。これが大川の渡し舟の船頭だったら、途中で転覆間違いなしといった声である。

船頭は手ぬぐいで顔を覆うようにしている。

顔を見ようとすると、そむけてしまう。ちらりと見えた手ぬぐいの下は、なにか人ではないような顔色だった。雨ガエルの顔色のような緑……。

ゆっくりと流れを下る。

前方には霧——というより、煙がたちこめている。かなり、嫌な雰囲気である。

舟が揺れた。

「やだ」

と、やよいがつぶやいた。なにか嫌な気配の揺れである。

「くそっ。出やがったな」

船頭が言って、持っていた竹竿で、水面を叩くようにした。

「しっしっ。あっちへ行きやがれ」

すると、船頭が水を叩いているのとは反対側だった。

なにか大きなものが流れてきたと思ったら、人だった。

ふんどし一丁の男の死体が流れてきた。仰向けに浮かび、目を大きく見開き、
まるで天に向かって絶叫しているような顔でもある。

さらにもう一人、男が横向きになって流れてきた。

その男の手が伸びたと思ったら、舟の縁をつかみ、
ざぶっ。

と、水面から飛び出してきた。

「よく来たなあ」

「うわぁあ」

最初に大きな声をあげたのは、高田九右衛門だった。

「勘弁してくれ」

と、文治も騒いだ。

「きゃあ、竜之助さま」

やよいの悲鳴はなにか芝居臭い。

三

漕ぎ出てまもなく、舟が止まった。

どうやら先が詰まっているらしい。

声が聞こえてきた。

「お願い、もう止めて！　あたしが悪かったから。これからは文句も言いません。あんたの浮気も許します。ご先祖さまも拝みます。だから、ここから出して。早く家に帰りたいよお」

最後のほうは泣き声になっている。

どうやら、あまりの恐怖にわけがわからなくなっているらしい。

それにつづいて、

「あたしも降ろして。あたしも！」

「あたしだって、こんなの嫌！」

なんて別の声もしてきた。

一人が降りるとなると、恐怖は伝染し、舟中の客が喚き出して、船頭は舟を進めることができなくなった。

「わかりました。いま、舟を岸につけますのでね」

「早くして」

「まだ、降りないでくださいよ……あっ」

どぶんという水音がした。誰か、落ちたらしい。

「そっちの舟、先に行ってください」

船頭同士でうなずき合い、竜之助たちの舟が騒いでいた舟を追い越した。

すると、前の舟に近づいた。

そちらも八人が乗っているらしい。

竜之助は、いちばん後ろの席で脱落した舟を見て笑っている娘の顔を見ると、

「あ、あいつは……」

と、小さく言った。

——町人の娘のなりをしているが、あれは美羽姫ではないか。

間違いない。わきには、用人の川西丹波もいれば川西に叱られたお付きの者もいる。

どうやら川西は姫を見つけたらしい。

こんなところで迷子になられたら、竜之助も心配になる。幸いそれは避けられたらしい。ただ、あんな危なっかしい姫さまなのだから、早く屋敷に連れ帰ってもらいたい。

竜之助は、舟を降りたら川西にそれを言うつもりだった。

竜之助の小さなつぶやきは、やよいにも聞こえた。それで、竜之助の視線が向いたほうに目をやると、見覚えのある顔があった。

——あの娘、見たことがある……。

まるで生きものの赤ちゃんみたいな、こづくりの愛らしい顔立ち。

——蜂須賀家のお姫さまではないか。

たしか美羽姫さま。だが、なぜ、美羽姫さまが、町人の娘に化けて、こんなろくでもない遊興の場にいるのか。

か。

——もしや、お忍びで逢う約束があった……？

だが、竜之助はこの中でたまさか事件が起きたために入って来たのではないのか。

やよいは混乱し、竜之助と美羽姫の顔を交互に見た。


蜂須賀家の美羽姫は、狸の赤ちゃんの愛らしい顔を見たあと、客のいるほうへともどった。

「姫、ご無事でしたか？」

と、用人の川西は胸を撫《な》で下ろしたといった顔をしたあと、

「もうぜったい離れないでいただきますぞ」

縄で縛るようなしぐさまでした。

美羽姫も、うろうろする気はなくなっていた。ここは、表面のお化けよりもっと怖いものが隠されているのではないか。

あの裏にある小屋で聞いた話が耳を離れなかった。

それらは、蜂須賀の屋敷あたりではぜったいに聞くことのできない言葉の数々だった。

鬼火組。

ぶっ殺す。

町名主と超弦がからんでいる。

やっぱりやったんだ……。

なんのことかはわからない。だが、それらは、悪意に満ち、ひどく禍々《まがまが》しい世界の言葉であることは間違いなかった。

――誰かに教えてあげないとまずいのではないか。

だが、それをこの用人の川西や、剣の腕は立つらしいお付きの者に話しても、なんの埒《らち》も明かないのは明らかな気がした。

――誰かに教えてあげないと。

そう思ったとき、美羽姫はなんと、後ろにいる舟に徳川竜之助が乗っているのを見つけたのだった。

――信じられない！　これぞ天の配剤。

徳川竜之助は、身分を偽り、いまは町奉行所の見習い同心として働いている。

しかも、その腕はバツグンで、奉行たちもひそかに舌を巻いているらしい。

「そうだ。竜之助さまがいた」

美羽姫は竜之助に必死で手を振り始めた。

「竜之助さま！」

竜之助は、前の舟にいる美羽姫が自分に向けて手を振っているのを見た。

――まずい。よせ！

竜之助は顔をしかめ、首を左右に振った。

美羽姫は、竜之助が身分を偽って、奉行所で働いていることは知っているはずなのである。

直接には言えなかったが、川西にもちゃんと伝えてくれるよう、それはもうしっかり頼んでおいたはずである。

――それなのに、あれはなんだ。

竜之助はしらばくれるようにしてそっぽを向いた。このすげない態度で、美羽姫が自分に馴《な》れ馴《な》れしくするとまずいということに気づいてもらいたい――そういう意味合いも込めてである。

岸のほうに目がいった。

すると、火鉢の三十郎が岸辺に立っているのが見えた。

遠眼鏡を手にしている。ざっと見て、遠眼鏡を目に当てた。

美羽姫の舟を見ているらしい。

後ろを見て、子分になにか言った。これからなにかしでかすような、悪意のある悪戯っぽい顔つきだった。

——なにをする気なんだ？

美羽姫が狙いなのだろうか。

もう一度、前の舟に目をやった。すると、美羽姫と川西と、お付きの者と女中らしき女の一行の前に、やたらと身体の大きな男と目つきの悪い二人が乗っているのに気づいた。あの身体の大きな男は、途中でも一度見かけている。女づれだと思ったけれど、それは誤解だったらしい。

さらに、その前にはなんと、大海寺の雲海和尚と小坊主の狆海が乗っているではないか。だが、来ているというのはお佐紀から聞いていたので、見かけても不思議ではない。八人が定員のはずだが、狆海は一人前扱いをされなかったのだろう。狆海の不満顔が目に浮かんだ。

火鉢の三十郎がなにかやらかすとしたら、美羽姫一行が狙いのわけがない。雲海と狆海ということもありえない。

となれば、三十郎が気にしているのは、巨大な身体をした男と目つきの悪い二人づれであるはずだった。

「前の娘は、福川の知り合いか？」

と、高田が訊いた。

「え、どれですか？」

竜之助は惚《とぼ》けた。

「ほれ、前の舟の黄《き》八丈《はちじょう》を着た娘が、そなたに手を振っているような気がするぞ」

「そうですか。誰だろうな」

竜之助は嘘が苦手である。

「あ、美羽ちゃんだ」

と、やよいが言った。

「そなたの知り合いか」

「はい。こんなところで会うなんて。まったく美羽ちゃんときたらお転婆なんだから」

やよいの機転でとりあえずは危機を逃れられた。

だが、三十郎のほうは、ひどく気がかりだった。

四

風神雷神門の前にいる矢崎三五郎は、いささか苛々《いらいら》をつのらせていた。肝心の、風呂敷包みを置いていった者についての証言が、さっぱり出てこないからである。

武士なのか、町人なのか。それすらわからない。

遺体の斬り口にしても、袈裟《けさ》がけにばっさりとかいうなら、武士のしわざと見て、まず間違いがない。

だが、あの遺体はばっさり一太刀ではない。遺体を横にしておいて、刀で輪切りにしたように思える。すなわち、剣の達者な男でなくともできそうなのである。

そしてその作業は、殺された男がよく詩吟をうなっていた墓場の隅でおこなわれたらしい。血の痕《あと》が見つかったからである。

さらに遺体を包んだ風呂敷だが、ここらの小間物屋などでやたらとたくさん売られているものとわかった。

「じゃあ、それを売っている店を一軒ずつ当たらせて、どんなやつが買ったかを訊き出してくれ」

矢崎はこの近所の岡っ引きに、そう頼んだ。

「わかりました。ただ、この風呂敷はほかにも違う色のものがありましてね」

「ほう。どんな色だい？」

「紺色と柿色です」

岡っ引きがそう言うと、ちょっと離れたところにいた戸山甲兵衛がふいに顔を上げて、

「なんだって。赤と黒と紺と柿色の四つから、赤と黒を選んだってえのかい」

と、言った。

「だから、なんなんだよ？」

矢崎が訊いた。

「あんた、それを見逃したら、とんでもない失態になるところだったぞ」

「見逃さねえよ」

「とにかく、買ったやつを早く捜しあててくれ」

戸山は岡っ引きに言った。

「あのう」

番屋の番太郎が矢崎を呼んでいた。

「なんだよ」

「遺体の家の者が、お経を上げてやりたいので、家に引き取らせてもらえないかと言って来ていますが？」

見ると、家の者が数人、早桶も準備していて、こっちを見ていた。

「そうか。ま、いいだろう」

矢崎はそれを許し、遺体が早桶におさめられるのを検分していたが、

「あれ、待て」

と、声をかけた。

遺体の着物を脱がし、白い帷子《かたびら》に着替えさせたのだが、胸のところに赤黒い小さな傷が見えたのである。

「こんな傷があったのか」

最初は気づかなかった。むしろ、時が経ったため、血がにじみ黒ずんできたせいで、はっきり見えてきたのかもしれない。

三つの点がきれいな三角をかたちづくっている。

「あれ、太股にもあるじゃねえか」

そっちは点が四つで、四角いかたちになっている。

「なんだ、これは？」

矢崎がつぶやいたとき、

「おいおい、これはまた、大変なものを見逃していたな」

わきから戸山が顔を出した。

──ほんとにうるせえ野郎だぜ。

矢崎はうんざりして、もう帰れと言いたかった。だが、戸山は吟味方の同心で、こいつにあとでいろいろ突っ込まれると、お白洲で大恥をかかされるのだ。

そんなことをさせないためにも、ここは適当に相手をしなければならない。

「朝のうちはよく見えてなかったんだよ」

「胸に三角、太股に四角か」

「ああ」

「なんだか、戯作の題名みたいだな。胸に三角、太股四角だぞ」

「戯作の題なんざ関係ねえだろうが」

「それがあったりするのが、殺しの奇妙なところなのさ」

戸山はまるで名奉行のような口を利いた。

「どうも、訳がわからなくなってきたぞ」

矢崎は頭をかきむしった。

「それは、うまく整理ができてないからだ」

「いや、あんたがぐちゃぐちゃと訳のわからねえことばっかり言うからだろうが」

「なにがわからないんだ」

「わからねえよ。風神の足元に赤い風呂敷、中には遺体の上半身。それで、点が三角のかたちだっていいやがる。それがいったいなにを意味してるって言うんだよ」

「ふっふっふ。いよいよ人呼んでずばりの甲兵衛の出番らしいな」

「え？」

矢崎はなんとなく不安な気持ちになった。この男がいきなり謎を解いてしまうなんてことがあるのだろうか。

「これは、女の恨みが起こした殺しだな」

「女の恨み？」

「ああ。風の神の足元に置いたってことは、殺した男に、あんたは吹けば飛ぶような男だよと言いたかったのさ」

「吹けば飛ぶような……じゃあ、雷神の足元のほうはなんだよ」

「そっちは無視していいんだ。これは上半身を中心に謎を解くべきなのさ」

「そうなのか。じゃあ、黒の風呂敷包みの意味は？」

「黒は苦労のことだろうが」

「黒は苦労？　だじゃれかよ」

「苦労ばかりかけさせやがってと、ののしっているんだ」

「ひぇえ」

「別にあんたの下半身なんかいらないわと」

「それで斬ったのかよ」

「小さな傷の意味はこうだ。三角関係に疲れ果ててしまったの、四角四面で暮らしたいとな。女の恨みが、この置かれ方に切々とこめられたんだな」

戸山はそう言って、見知らぬ女を憐れむようなため息をついた。

「ほんとかよ。お前、その推察を自信持って言えるのかよ？」

と、矢崎は訊いた。

「自信だと？　つまらねえ訊き方をするな。これは、まだ仮の説かもしれねえ。だが、真実にはこうやって近づいていくものなのさ」

「ううむ」

矢崎は首をひねった。

違う気がする。この男の推察というのは、いままで福川が難問を解きほぐしたときに考えるやり方と、なにかがまるっきり違う気がする。

「おい、誰か地獄村の福川と連絡が取れてねえよな」

と、矢崎は小者たちに怒鳴った。

「いえ、とくには」

「あいつ、いつまでかかってんだよ。おい、おめえ、ちっと地獄村に行って、福川に会ってきてくれねえか」

「はい」

「福川は知ってるよな」

「ええ。南町奉行所でいちばんのいい男でしょ」

「そうかあ？　ええ？　あいつがぁ？　ま、そんなこたぁ、どうでもいいや。それで、ざっとこの殺しのことを伝えて、そっちは中途半端でもいいから、一刻も早くこっちに来るようにとな」

「わかりました」

奉行所の小者が、急いで浅草寺の裏手に向かうことになった。

ところが――。

矢崎は気がつかなかったが、この小者のあとを、ほくそ笑みながら追って行く男がいたのだった。

五

美羽姫たちの乗った舟が、まるで座礁したみたいに動かなくなると、今度は大波に揺さぶられるような激しさで動き出した。

大きく傾いたかと思うと、回りながらもどる。

今度は逆のほうへと傾く。

「凄いな、あの動きは」

こっちの舟にいる竜之助まで目を瞠《みは》ったほどである。クジラの背中に引っ越したみたいなものだろう。

「きゃあ」

美羽姫の悲鳴も聞こえている。象を乗りこなした姫も、この動きには恐怖を覚えているらしい。

竜之助は岸のほうを見た。

火鉢の三十郎が嬉しそうになにか言っている。

手のひらをくるりと返したりしたので、ひっくり返してしまえなどと言っているのだろう。

だが、前の巨体の男たちと、三十郎とは、どういう関係があるのか。

もしかしたら、丑松殺しの下手人かもしれない男たちに、三十郎は恨みでも持っているのかもしれない。

美羽姫がこっちを見て、しきりになにか言っている。

こうなると、可哀そうでしらばくれたりはできない。

「どうしたんだ？」

声は届かないかもしれないが、手を耳に当て、聴き取ろうとする意思を示した。

「竜之助さまにお伝えしたいことがあるんですよ」

と、美羽姫は叫んだ。

すると、わきから狆海まで顔を出した。竜之助がいるのに気づいたらしい。

「福川さま。おいらもあるんです」

こんなひどいことになっているなかで、二人とも自分になにを伝えたいのだろう。

「おう、わかった。待ってな。いま、助けてやるぜ」

と、竜之助は怒鳴った。


ここは用水路か、もともとあった池の中のはずである。

海でもあるまいし、あんな大きな波が立つわけがない。

どうやら舟は小さな台に乗っかっているのだ。その台が、上下左右から斜め前や後ろに凄い勢いで動いている。

——どこであれを動かしているのだ？

竜之助は、懐からお佐紀に借りた図面を取り出した。

図面によると——。

最初の流れを過ぎると、池に入る。

舟はその池をぐるっと回っているだけらしい。船頭が舟をあっちにやったりこっちにやったりするので方角がわからなくなるが、そんなに複雑な経路をたどっているわけではないのだ。

舟はぜんぶで五艘あり、それが順に回っていることも描かれている。真ん中に島があり、そこには「極秘」という文字が記されている。要するにここでいろいろ操っているのだ。

左手にある葭《あし》でおおわれたあたりが島になっているのだろう。なんとか渡れないか。

「船頭さんよ。すまねえが、ちょっとその島につけてくれ」

と、竜之助は言った。

船頭はうなずき、舟を岸に寄せた。

「福川さま。あっしも」

今朝次がいっしょに降りようとするのを、

「いや、大丈夫だ。すぐにもどってくる」

と、手で制した。

葭をかきわけて、奥に入る。葭におおわれているのは周囲だけで、真ん中は小屋になっている。ここからだとおそらく池全体が見えているのだろう。

そっと小屋に入った。

大勢の人がいるのかと思ったら、意外にそうでもない。

人は二人しかいない。

そのかわり、牛が四頭いて、ぐるぐると車輪のようなものを回していた。

どうも、近辺の百姓が、牛ごとここで雇われたといった感じである。

「すまぬが、ちと頼みがあるんだ」

竜之助は声をかけた。

「あ、駄目だよ。ここに入ってきちゃ」

「ちょっと舟の動きがひどすぎるだろうよ」

「でも、親分からもっと激しく動かせって命令が来てるんでさあ」

「命令が？　どうやって来るんだ？」

竜之助が訊いたとき、頭上でかたんと音がした。

「あ、ほら、来ました」

矢が飛んできて、窓から中に入ったらしい。先は丸いので刺さったりはしない。

文が結ばれている。それを開いた男が読み上げた。

「転覆させてもいいから、もっと動かせってさ」

「はいよ」

もう一人が牛に鞭《むち》を入れた。

車輪がさらに凄い勢いで回りはじめた。

外を見ると、葭のあいだから池の景色が見える。舟の上で小柄な美羽姫が毬《まり》のように弾んでいた。手を離したら、池に落ちてしまいそうである。

「あんたたち、すまんな」

竜之助は二人に軽く当て身を入れた。

二人とも多愛もなく崩れ落ちる。

さらに牛に餌をやって落ちつかせる。

舟の動きが止まり、船頭が逃げるように先へ進んで行くのも見えた。

六

竜之助たちの目の前に、大きな船があった。

外海《そとうみ》を走るような船である。

だが、竜之助は一目見て、これはたぶん見かけだけで、じっさいに乗ることはできないのではないか、と思った。

どことなくやわな感じがして、芝居の大道具みたいな贋物《にせもの》っぽさが漂っているのだ。

「それに乗り移ってくだせえ」

船頭が暗い声で言った。

縄梯子《なわばしご》がすでに何本も下りている。これに摑《つか》まって上った。

船の上はそう広くもないが、いちおう甲板になっていた。

だが、竜之助たちの舟にいた者以外は、誰もいない。先に来ているはずの姫たちもいない。

「おかしいな。前の舟にいた者たちは、どこに行ったのだろう？」

竜之助は首をかしげながら周囲を見た。てっきり美羽姫たちもここにいるのかと思ったのだ。

お佐紀の図面で確かめようとすると、今朝次が言った。

「別の船に乗ったのだと思いますよ。ここには大きな船が二つあり、混雑を避けるためにも交互に乗せているのです」

「なるほど、そうか」

竜之助が感心したとき、どこかから、

「水の中から船魂《ふなだま》の群れが来たぞ！」

と、誰かが叫んだ。

どうも船の下のほうから声がしたようだったので、竜之助はちらりと下を見た。

「うわぁあ」

と、思わず声が洩れた。

水面からこの甲板に向かって、まさにうじゃうじゃと船魂たちが這《は》い上がって来ているではないか。

表情はいずれもおぞましい。頭に額烏帽子《ひたいえぼし》といわれる三角の紙をつけ、目をひんむくようにし、口は叫び声を上げるように開いている。皆、似たような顔で、それがまた不気味である。

――これは気持ち悪いな。

竜之助も驚いたほどである。

だが、よく見てみると、裸の船魂に扮した五人の男が、それぞれ背中に三人分の人形を背負っている。つまり、一人が四人に見えているわけで、人間が二十人ほどいたら、うじゃうじゃいるように見えてしまうのである。

「うわっ、駄目だ、逃げろ！」

誰かが叫んだ。

皆、甲板の隅のほうに逃げた。

盲目の客は、甥っ子に手を引かれながらも、面白そうに逃げている。せっかくの船魂の工夫が見えないのでは怖くもなんともない。

もう一人の怖がらない女は、つまらなそうな目で船魂たちを見ているだけだった。

本当に、なぜこんなところに来たのか、不思議である。

竜之助の一行はというと――。

やよいはあいかわらずわざとらしいが、きゃあきゃあ言ってはしがみついてくる。文治もけっこう本気で怖がっている気配である。

高田に至ってはほとんど呆然《ぼうぜん》となっているらしく、いつ卒倒してしまわないか、竜之助はそれが心配だった。

「ここに結界《けっかい》を張るぞ！」

そう言っているのは、客のふりをしたここの使用人だろう。

船魂がこっちに来ないようにと、注連縄《しめなわ》を張った。

なるほど、船魂はそこからこっちにはやって来ない。

すぐに諦めて、甲板から下へ降りて行ってしまった。

だが、一難去ってまた一難である。

今度は、船自体がやけにがたがたし始めた。

「まずいぞ、崩れるかもしれない」

と、さっき結界を張った男が言った。

じっさい、船に裂け目が現われ、甲板が二つに割れてきた。

「ほう、これは凄い」

竜之助も、その仕掛けの見事さに感心した。

「こりゃあ、三座の歌舞伎の大道具より凄いですぜ」

文治も感心している。

地震のような揺れがきた。

また裂け目が大きくなった。

「うわぁ」

「こっちは駄目だ。向こう側に移らないと、こっちはばらばらになるぞ」

と、男がわめいた。

「どうやって、移るんだ？」

高田が怒鳴るように訊いた。

「その縄を使うんだ」

男が上を指差すと、帆柱の横木のあたりから、何本もの縄が下りてきていた。

「その縄の反動であっちに飛び移るんだ！」

「落ちたらどうなる？」

高田が必死の形相で訊いた。

「下には鮫《さめ》がいるから、食われちまいますぜ」

「鮫だって。そんな馬鹿な」

竜之助は下をのぞいた。

暗くてよく見えないのだが、本当に巨大な鮫がばくっと口を開けている。

「いるなあ！　ほんとに鮫がいる」

「では、行くしかあるまい」

高田が最初に摑まり、反動をつけて向こうに飛んだ。

向こうのほうが低くなっているので、そう難しくない。

みな、次々に渡る。

盲目の客はさすがに不安げにしている。

「大丈夫かい？」

と、竜之助は声をかけた。

「もう、ここらが諦めどきかもしれませんね」

「なあに、まだ行けるさ。おいらが隣で帯を摑んでるから、それっと言ったら、手を離せばいいぜ」

「ありがとうございます」

縄を揺らし、

「それっ」

竜之助と盲目の男はいっしょに飛び、転がりはしたが、無事、着地した。

ここは全員、無事に進めたらしい。

「この先はどうなるんだ？」

竜之助は、もう一度、お佐紀の図面を見た。

「船尾から島に渡る」

と書いてある。

いつの間にか、船と島のあいだに梯子がかかっていた。

島と言ってもさっきの島とは違う。もっと小さな島のようである。

その先はない。おそらく、お佐紀もそこで諦めてしまったのだろう。

「それにしても、この仕掛けは金がかかっているよな」

竜之助は、真っ二つに割れた船を改めて眺めながら言った。

「親分はいま、儲けをこういう仕掛けにどんどん注ぎ込んでますのでね」

今朝次が困ったような顔をした。

「それにしても、これはやりすぎだろう。誰か止めないのか？」

「止まらないんですよ。寝る間も惜しんで、こういうことを考えているんです」

「道楽になってしまったのかな」

「頭がおかしいんだと思いますぜ」

親分にそんな口を利いていいのかと、ちらりと思った。

七

竜之助たちも島に渡ろうとしたとき——。

「なるほど。この大船の仕掛けは凄そうじゃのう」

「あの鮫の口を見たら、そりゃあ胆をつぶしますわな」

笑いを含んだ声がした。

下を見ると、数人の男たちが、のんびり周遊といったようすである。

「あ、竜之助さま。あいつらです。お坊さんと町名主の二人というのは」

と、やよいが指を差した。

「なるほど」

「わきにいるのは用心棒みたいでしょ。いかにも悪そうな顔をしてますよね」

「ほんとだな」

あの連中は、ほかの客といっしょに楽しんでいるわけではない。怖がっている人たちを見下し、馬鹿にして楽しんでいる。

その笑いは、おそらく地獄村で怖がる人ばかりでなく、自分より下だと思うあらゆる人たちに向けられているのだ。

そういえば、やよいから預かった巾着の件もある。

――ちょっと悪戯してやろうか。

竜之助は思いついた。

ふだんはけっして悪戯好きというわけではない。この地獄村の刺激がもたらした、子ども心が働いたのかもしれない。

「おい、船頭さん」

と、小舟の船頭に声をかけた。

ここで脱落する人を回収するためだろう、さっきの船頭がまだ止まっていた。

「ちょっとだけ、おいらをさっきの島にもどしてくれ。すぐにもどるから」

「へい」

顔を不気味な色に塗ったりしているが、ほんとは気のいい男なのだろう。

竜之助をもう一度、池の中央にある島へともどしてくれた。

さっき当て身を入れた二人は、まだ横になっている。安らかな寝息である。そのまま眠り込んでしまったらしい。

美羽姫の舟を動かした仕掛けをすばやく確かめた。

水の中までつづいているらしい二本の鉄の棒がある。それを摑んで、押したり引いたりすると、台が出たり入ったりするのが見えた。

「よし、これだ」

ちょうど坊主と町名主の乗った舟が近づいてきた。

竜之助は二本の鉄の棒を操って、台をその舟の下に差し込んだ。

「入ったぞ」

二本の鉄棒を、もともとあったところに装塡《そうてん》した。これは歯車などを経て、車輪の真ん中あたりまでつづいている。

「あとはお前たちの力を借りねえとな」

牛たちに声をかけ、軽く叩いてやる。

四頭の牛が、

「もぉおーっ」

と、ひと鳴きしたあと、歩き出した。

「よしよし、いいぞ、もっと速く歩いておくれ」

竜之助は干し草を丸めたみたいなものを牛たちに与えた。

「うわぁあ、なんだ、これは？」

「助けてくれ」

舟が波打っている。

「おい、こら、誰か止めろ」

船頭も喚いている。

竜之助はそっと小屋を出て、舟にもどった。

急いで大船にもどり、皆といっしょに島へ渡った。

「こんな仕掛けがまだまだつづくのかい？」

と、今朝次に訊いた。

「いえ、こんな大道具みたいな仕掛けがあるのは、ここだけですよ」

「みんな、親分が考えたのかい？」

「親分は案を出すだけです。あとは、奥山に出ていたからくり師を雇っていて、そいつにつくらせるんです」

「ほう」

「まあ、ここでほとんどの客がいなくなりますがね。いちばん怖いのは第四場かもしれません」

「第四場はなにがあるんだい？」

「もともとの家があるだけですよ。一家心中して、本物が出るって家。でも、いかにも出そうで、ほんとに怖いです」

　竜之助はちらりと前を歩く女を見た。怖がらない女である。

聞こえているのか、いないのか、ぼんやり前を見ている。

いま見ると、足はちゃんとある。だが、どことなく覚束《おぼつか》ない歩き方である。

だが、幽霊に足がないなどというのは、浮世絵師が勝手に描いていることで、幽霊にもつま先までちゃんとあると力説する人だっている。

「第四場にも名前はついてるのか？」

「ついてます。お菊って言うんですよ」

「お菊」

番町《ばんちょう》皿屋敷のお化けが、たしかお菊ではなかったか。

怖がらない女が、ふいにこっちを見た。

鋭い目である。竜之助はすこしぞくっとした。

「じゃあ第四場がお菊。第五場は？」

「戦場ヶ原って言うんです」

今朝次が応えた。

「そうか、戦場ヶ原なのか」

「有名なんですか？」

「日光にあって、鎧《よろい》を着た武士のお化けが出るとか言われている。そこもそんなのが出るんだろうな」

「いや、そういうのは出ないですね」

「出ない？　じゃあ、どうなるんだい？」

「ううん、なんて言えばいいんですかね」

今朝次はひどく嫌な顔をして、

「あそこに行くと、頭が変になりそうでね」

八

大船からどうにか陸地に降りたが、ここは島になっていて、どこにも行きようがない。

「小さな無人島といった趣だな」

と、竜之助はつぶやいた。

上流からなにか流れてきている。

「げっ、人が食われたんだ。勘弁してくれ」

高田が目を丸くして言った。

流れているのは、どれも人の一部だった。

頭、手、足……それらはどれも大きな歯型がついたまま、削られている。まるで巨大な獣が一口齧《かじ》って、ぷっと吐き出したようにも見えた。

そのあとからまた人が流れてきた。

よく見ると、お岩ではないか。

——もしかして、あれは久太では？

と、竜之助はお岩を目で追った。

お岩が流れていった先を見ていると、向こうから坊主と町名主の舟が来るのが見えた。

お岩はその舟のほうに近づいていく。

舟とお岩がすれ違ったとき、坊主や町名主に動揺の気配が走ったように見えた。

「いまのは久太だったな」

「あいつ、地獄村のお岩だと名乗ったぞ」

「なにを企んでいるのだ」

そんな声もした。

——久太とあの連中もなにかつながりがあるのか？

どうも、いろんな糸がからみ合ってきている。

まずは一本ずつほぐしていかなければならない。

最初の丑松殺し。それから明らかにしたいのだが、遺体が消えてしまっている。

早く見つけなければならなかった。

「脱落する人はいませんかい?」

と、声がした。

脱落者を回収する舟もまわっているのだ。すでに四、五人乗っていて、皆、疲れ果てたといった顔をしている。

ここでずいぶんいなくなるというのは本当だろう。

「わしも、もう、降りたい」

高田九右衛門が小さな声で言った。

竜之助は聞こえないふりをしたが、

「福川、わしをなんとか降ろさせてくれぬか」

と、高田はまた言った。

「どうしたんですか?」

「疲れた、わしは」

「そうですか」

「怖ろしいというより、ここは疲れる。へとへとになって、もう家に帰りたくなる」

「身体の具合でも悪いのですか?」

「いや、身体はなんともないが」

じっさい顔色は悪くない。

「では、そうしますか」

と、竜之助は言った。

回収の舟に声をかけようとした。

「ちょっと、待て、福川。止めないのか?」

「でも、降りたいのでしょう?」

「だが、ここで降りたら男がすたるのではないか?」

「こんなことではすたりませんよ」

「いや、すたるな。奉行所の与力たる者、それではいかん」

高田は自分に言い聞かせるように言った。

「では、頑張って参りましょう」

竜之助は笑いながら言った。

あらためてこの島を見ると、立て札があり、

「ヘビ池地獄」

と、書いてあった。

だが、島は砂地だけで、ヘビなどいそうもない。

降りたほうとは反対側の水辺に行って中をのぞくと、いるわいるわ。ヘビだけではない。うなぎ、どじょう、みみず……長くてくねくねしたものは全部集めたらしい。

どうやらこの一画は生《い》け簀《す》のようになっているのだ。

「まさか、ここを泳げってか？」

文治がそう言うと、今朝次は首を横に振った。

「どうしたらいいんだ」

「いま、わかりますよ」

すると、向こうの島の草むらから、長い竹の幹が二本、伸びてきた。こっちの岸まで届いたところで止まった。

「え、これを渡るのか」

高田がやっぱり帰ればよかったという顔をした。

ここもかなりの難関なのだろう。回収の舟が寄って来た。

「では、おいらが先に」

と、竜之助が先頭に立った。

竹に足を乗せ、ゆっくり歩き出す。

なにせ竹なのでよくしなる。水面ぎりぎりに降りている。

しかも揺れる。極楽で酔っ払ったみたいに揺れる。

「すぐ後につづきますか？」

後ろで文治が訊いた。

「いや、これは一人ずつじゃないと駄目だ」

竜之助はどうにか渡り切ってから、

「文治。縛るための紐があるだろう」

と、声をかけた。

「はい」

「それを摑むことができるだけでも違うはずだ」

文治は紐の端を十手にくくり、こっちに投げた。

向こう岸の文治とそれを持ち合い、渡る者が胸の高さで摑むことができるようにした。

「どうだい？」

渡り始めたやよいに訊いた。

「安心感があります」

だが、やよいなら紐がなくたって渡り切っただろう。

盲目の人はなまじ見た目にだまされないので、いちばん上手に渡ってきた。

怖がらない女も来た。

高田も文治に尻を叩かれるように渡って、最後に文治がやって来た。

「次はここだ」

渡り切ったところは、洞窟の入口になっていた。

「ここを抜ければ第三場は終わりですぜ」

と、今朝次が言った。

「やっと終わりか」

「おでんはまだだっけ？」

皆、文句を言いながらぞろぞろと穴に入る。

中は真っ暗である。

下は水が溜まっていて、歩きにくい。ぴちゃぴちゃという音は中で反響し、ずいぶん大きく聞こえる。

壁をさわりながら、奥へ行くのだが、この壁がまた気持ちが悪い。

「やだぁ、かすかに動いている」

やよいが泣きそうな声を上げた。

「ここって、ヘビの腹の中なんじゃゃないですか」

文治がそう言うと、

「あ、そうだな。足元が気持ち悪い。生ぬるいし」

高田がしきりにぼやく。

「きゃあ、やだぁ。竜之助さま！」

本物のヘビの腹の中ではないかもしれないが、それを想定してつくったのに間違いはないだろう。

やよいはこれがいちばん苦手なようだった。

行き止まりになったと思ったら、押すと戸が開いた。

明かりが入り込まないよう、観音開きに作られていた。

凄く長い洞窟を抜けた気がしたが、じつはたいした長さではなかったかもしれない。

「ふう」

竜之助も思わずため息が出た。

やっと終点まで来たが、美羽姫たちはいない。

「ほら、行って、行って。どんどん行って」

ここの使用人が、怒鳴っている。

「ここでやめる人は左手に寄って」

だが、竜之助たち一行に盲目の客と甥っ子、それに怖がらない女を加えた八人は、誰も脱落しない。

「ここらは先が詰まらないよう、どんどん行かされるんです」

今朝次がそう言った。

「じゃあ、行こう」

竜之助がまた先頭に出た。

後ろを見ると、坊主と町名主の一行がほうほうの体で岸にたどり着いたところだった。

第四場　お　菊

一

五、六反ほどの田んぼが広がっている。
どう見ても、豊かな実りをもたらしたという田んぼではない。

前の年に稲を刈り取ったあとは、なにもせずにおいたのだろう。落ち穂が芽を出して、自然のままにすこし実りはした。

だが、刈り取るほどの量でもないし、すでにこの地獄村も開業していたから、そのままうっちゃっておかれた――そういう田んぼである。

これが人だったら、かなりぐれてしまっている。田んぼだから、まだ悪さはせず、ひたすら荒涼としている。

かかしが何体か立っているのも見える。

だが、ひどく気味の悪いかかしで、急に動き出したりもしそうで、とても近づいてみる気にはなれない。

吹いている風は悽愴《せいそう》の気配。景色がどこか病んでいた。

「こりゃすげえや」

客が唸っていた。

ここまでどうにかやって来た客も、この景色を見ただけで、ただごとではない気配を感じるらしい。

「凄い景色みたいだね」

途中からいっしょにやってきた盲目のお客がつぶやいた。

「ああ、なんだか気味が悪いんだよ」

つれの甥っ子がそう言った。

ほかの客たちも同様であるらしい。

「ここでいいや」

「あたしも、もういい」

と、脱落することにしたらしい。

あんなにたくさんいた客も、いまはほとんどいない。田んぼの中に、竜之助たちを入れても、三十人はいるだろうか。

身体の疲れのあとの恐怖というのは、ほんとに骨身に応えるというのは、竜之助でさえ実感したほどだった。

北側に、萱葺《かやぶ》きの農家がある。さほど貧しげでもないが、豪農というには遠い。

あの家に、なにかいるのではないか……。

いかにもそんなふうに思える家である。

竜之助たちもそろりそろりと近づいてみようとしたとき——。

「この家はな……」

「きゃあ！」

いきなりすぐ後ろから声がしたので、やよいが悲鳴を上げた。

振り向くと、小柄な婆さんが立っていた。

「ごめんなさいね、悲鳴なんか上げたりして」

やよいが恐縮して言った。

「いいのさ。このあいだなんか、あんたくらいの歳ごろの娘に突き倒されたよ。

びっくりさせるなって。まったく近ごろの若い娘ときたら」

婆さんは文句を言った。

「あ、話の腰を折ってしまったわね。どうぞ。なにかお話があるんでしょ？」

「話ってほどのものでもないんだがね、この家に隠された因縁話を聞かせなくちゃならないな、と思ってさ」

「聞きます、因縁話。ぜひ、お聞かせください」

やよいはつづきを促した。

「一家心中だったんだよ。この家の人たちは」

「いつのことだったんですか？」

と、やよいは訊いた。

「去年のちょうどいまごろだったよ」

「まあ」

「爺さん、婆さん、長男、長男の嫁。それにかわいい盛りの四歳の男の子。この一家五人が、この中の囲炉裏端《いろり》で死んでいたのさ。可哀そうになあ」

「囲炉裏端で」

「毒を飲んだんだよ。さぞ、苦しかったろうな」

婆さんはそう言うと、懐から手ぬぐいを出して、目頭を押さえた。来る客みんなにこうして話を聞かせているのだろうから、芝居みたいなもののはずである。だが、それにしてはほんとうに涙がにじんでいた。

「だから、なかなか成仏できねえよ。しょっちゅう出るんだ、これが」

と、両手を胸のあたりでだらりとさせてみせ、

「いまも、そこらに来ていたよ」

真剣な顔で言った。

怖がらそうというふうでなく、ごく当たり前な調子で言ったので、竜之助も背筋が、
ぞくっ。

と、した。

「哀れでなあ。だから、あんたたちも会ってやんなせえ。この家にいる幽霊たちも皆に愚痴《ぐち》を聞いてもらいたいんだよ。逃げないで、話を聞いてあげなせえ」

妙な調子だが、昔話の心地よさもあって、つい聞き入ってしまう。

「お婆さんは知ってたのかい、この家の人たちを？」

と、竜之助は訊いた。

「知ってたよ。あたしも何度かここの庭で、世間話をしていたんだもの」

「亡くなったときもここに？」

「ああ。騒ぎを聞いて、駆けつけたよ。最初に見つけたのは、あたしじゃなかったけど、まだ代官さまのご家来が検分に来る前だったよ」

この界隈《かいわい》は入会地《いりあい》だが、浅草寺の代官に連絡がいったのだろう。

「じゃあ、亡くなった一家は、ほんとに囲炉裏端にいたんだ？」

「そうみたいだったよ」

「毒を飲んだあとも？」

「毒なんかおらにはわからねえよ。飯に入れたかして毒を食ったんだろう。囲炉裏には鍋の残りがかけっぱなしになってたもの」

「心中のわけは、博打の借金だって？」

「そうらしいな。だが、あたしには、あの亭主が博打やってるようには見えなかったがね」

「ほう」

とは言ったが、意外な人が博打にはまり、抜けられなくなることはあるのだ。

竜之助も一度、賭場の手入れに加わったことがあったが、あとで捕まえた賭場の客の身元を調べたら、人望のあることで店子《たなこ》からも慕われた大家が混じっていたものである。

「おらの話は終わりだ。さ、家に行きなさい。ここを抜けるための手がかりが、壁に書いてあったりするはずだよ」

婆さんはそう言って、次の客を捜すように周囲を見た。

「なんだ、こっちに来てたか？」

婆さんは今朝次に笑顔を見せて言った。

「うん」

「朝飯の途中で飛び出したから、腹減っただろ。昼飯食ったか？」

「食ったよ」

「晩は婆ちゃんがそば打ってやっからな」

「ああ」

「まったく、おめえのおやじは馬鹿だからな」

「いいよ、もうその話は」

どうやら、ほんとうの祖母らしい。

今朝次は竜之助を見て、照れたように笑った。

二

「ねえ、竜之助さま」

やよいがそばに来て、低い声で言った。

「どうした？」

「あの人を見て」

そっと視線を向けたのは、怖がらない女だった。

竜之助たちがいるところからは、ちょっと離れたところに立っていた。

ふらふらしている。

「気分でも悪いのかな？」

「介抱してあげましょうか？」

「そうだな」

竜之助とやよいは、怖がらない女に近づいて行った。

顔が見えた。

目を大きく見開いている。その目から涙がこぼれていた。

「泣いているな」

「ええ。どうしたんでしょう?」

女は田んぼの中をよろよろと歩き出した。

家に近づいていく。

竜之助とやよいも後を追った。

玄関ではなく、小さな庭のほうに入った。

家はすべて板戸が閉じられている。その庭に面した板戸に取りすがって泣いた。

「どうかしたのですか? なにかあったのですか?」

と、やよいはやさしく声をかけた。

だが、女はなにも答えない。嗚咽《おえつ》もない。ただ、涙を流しつづけるだけ。しかし、それはなんと悲しそうなのだろう。

「やよい、そっとしておこう」

「はい」

「だが、気をつけておいてくれ」

「わかりました」

やよいはうなずいた。

竜之助は、家を一周してみた。

とくにおかしなところはない。

表の玄関口にも、裏手の台所の出入り口にも頑丈な錠がかかっている。これはもともとこの家にあったのではなく、地獄村のほうでつけたのだろう。

ほかに入口はなさそうである。

玄関口の前に貼り紙があり、これには次のような手がかりが書かれていた。


表のカギは、積み藁《わら》の中に。

裏のカギなら牛小屋の中に。

三

稲藁を干したものを高く積み上げた、いわゆる積み藁は、この田んぼの中に三つあった。ちょっとした小屋のように大きなものである。

そのうちのどれかにカギが隠されているのか。

やよいは、西側の積み藁に向かった。

すでに七、八人がいたが、本気でカギを捜しているのは、二人ほどである。

そのうちの一人が、急に、

「きゃあ」

と、後ろにひっくり返った。

「どうしたの？」

「いま、そっちから誰かのぞいた」

そう言って、藁をかきわけるのをやめてしまった。

「そうなんだよ。いるんだよ、この中に。もう、捜すの嫌だよ」

と、立ってほかの人が捜すのをわきで見ていた女が言った。自分で捜すのは諦め、誰かが見つけたら、それで家に入れてもらおうという魂胆らしい。

その女たちが、

「ねえ、後ろを見て」

「やぁだあ」

と、泣きそうな顔で話した。

「どうかしたの？」

やよいが訊いた。

「あの、かかし」

指を差した。たしかにかかしがいる。おたふくのお面をつけているが、髪の毛がざんばらになっていて、そのそぐわなさがやけに怖い。

「どんどんこっちに近づいて来ているんですよ」

「え？」

姿は恐ろしいが、一本足のふつうのかかしである。もちろん歩けるはずなどない。おそらく、地面の下に仕掛けがあるのだろう。

「もう、やめよう。帰ろう」

「そうだね。ここでやめたほうが、面白かったたって感じで終われそうだものね」

二人づれが脱落すると、

「あたしたちも」

と、あと三人がつづいた。

もう、ここには三人しかいなくなった。

風がやけに冷たく感じられる。

竜之助は東側の積み藁を見に行った。

すると、裏から現われた狆海が、

「福川さま」

と、駆け寄って来た。

「おう、やっと会えたな」

「ほんとですね」

「雲海和尚はどうした？」

「ここを見たら、なにかいると言い出して、脱落してしまいました。わたしもここまでにしようかと思ったのですが、福川さまに伝えてからにしようと」

「うん。舟のところでなにか話があると言ってたな。なんだい？」

「ええとですね」

と、あたりを見回し、

「いっしょに舟に乗ったなかに大きな男がいたのに気がつきませんでしたか？」

「ああ、気づいたよ。あいつがどうかしたかい？」

竜之助もざっと周囲を見た。

まだ、ここには来ていないらしい。あの身体の大きさだから、いれば目立つのである。三場の出口あたりでぐずぐずしているのかもしれなかった。

近くには狆海が知らない今朝次がいたりするので、竜之助にかがんでくれと頼

むと、耳もとに口を近づけ、

「あの人、名前が岩錦って言うんです」

　小声で言った。

「岩錦ねえ」

　相撲取りのような名前である。あの身体の大きさからして、ほんとに相撲取りなのかもしれない。あるいは、いまは引退したが、そのまま四股名《しこな》を名乗っているのか。

「それで、身体は小さいけれど目つきの悪い人がいっしょで、その人は春次郎って言うんです。もう一人いますが、その人の名前はわかりません」

「うん、それで？」

「三人が話していたのを盗み聞きしてしまったのですが、どうもその岩錦っていう人が、お岩を殺したそうなんです」

「ははあ、やっぱりそうかい」

「でも、お岩はほかにもいっぱいいて、なんだかわからなくなったらしいんです」

「なるほど」

「それで殺したお岩は消えてしまったそうです」

「まさにそうなんだよ」

「それから、春次郎って人は、親分に言われた伝言を届けに来たようなんです」

「伝言？」

「はい。どうやら火鉢って人が気に入らないみたいで、今日、殴り込みをかけるんだそうです」

「今日って言ったのかい？」

「ええ。それで、裏からまわって、五場のほうから押し入るから、三人もそっちで待機していろっていう伝言でした」

「そうだったのか。よくぞ伝えてくれたよ、狆海さん」

「やっぱり伝えてよかったですか？」

「よかったなんてもんじゃねえ。たいへんなお手柄だぜ」

「嬉しいです。では、わたしもここで抜けます」

「うん。そのほうがいいよ」

殴り込みなどあるのだったら、どんなとばっちりがあるかもわからない。

「じゃあ」

狆海は、憧れのやよいからもなにか声をかけられ、嬉しそうに筵をめくって退場して行った。ほんとにかわいい小坊主である。

竜之助は、高田と文治が調べていた三つめの積み藁のところに行き、

「狆海さんが凄い話を耳に入れていたよ」

と、いま聞いた話を語った。

「とすると、岩錦たちは、鬼火組の連中なんでしょうね」

文治が言った。

「だろうな」

「たぶん、かなりの数で押し寄せるつもりでしょう。いくら福川の旦那の腕が立つといっても、もう少し加勢が欲しいですね」

「そうだよ。客だって守らなくちゃならねえんだぜ」

竜之助と文治が高田の顔を見ると、

「そうなると、わしが呼んで来るしかなさそうだな」

高田はやけに素直にそう言った。

四

高田九右衛門は、おでんのことが気になるが、援軍を呼びに行くことにした。ここで出てしまい、次は五場のほうから入ったりすると、百川出身の板前がつくるおでんというのを食べられなくなる。それはがっかりである。ただ、いくら高田でも、さすがにいまはおでんのことなど言いにくい。ここから筵を上げて外に出ようとしたとき、ふと誰かにぶつかった。

「あい、すみません」

相手はすぐに謝ったので、そのまま先を急いだ。

四場のところで外に出たのに、ずいぶん周囲を歩く。どうやら、五場はいままでの場をぜんぶ合わせたくらいの大きさがあるらしい。

やっと出入り口のところに来ると、これから入る客はほとんどいないらしく、閑散としていた。

浅草寺の裏を抜けようと、足をそっちに向けたとき、

「巾着がない」

と、気づいた。

——落としたのか。

いま来た道をすこし戻った。出入り口から五場のほうへ。

「逆回りは駄目ですぜ」

などと見張りの男に言われるたび、

「御用だ」

と、十手を示した。

まもなく、落としたのではなく、

——あのとき掏《す》られたのだ。

と、気がついた。

「くそっ」

もう、もどってはいられない。

巾着には、たいした金は入れていなかった。ただ、巾着といっしょに入れておいた竹筒も盗られていた。あれには地獄うどんの汁が入っている。あの味はぜひともくわしく探求したかったのだ。

「しょうがない。また来よう」

途中で、奉行所の小者と会った。

「どうした？」

「矢崎さまが例の風神雷神門の遺体のことで、福川さまのお知恵をお借りしたいのだとおっしゃってます。ざっと概略をお伝えして、すぐにお連れしろと」

「馬鹿。福川はそれどころではない。いまから地獄村に援軍を連れて行かなければならぬのだ」

「はあ。ですが、概略だけでも」

「わからぬやつだな。それどころではない。そなたは早くもどって、矢崎たちにこっちに来る準備をさせておけ。ほら、走れ！」

「は、はい」

ここは同心より与力の命令を優先するしかない。小者は来た道を必死で駆けた。

じつはこのとき――。

この小者を追ってきた男が、ひどくとまどった顔で立ち止まっていたのだが、高田九右衛門に気づけというのは無理なことであった。

五

竜之助は、積み藁は諦め、家の裏手にまわった。

牛小屋がある。鳴き声がするので、中には牛もいるらしい。

中に入ると、

「竜之助さま」

二人、同時に声がかかった。

美羽姫と、用人の川西丹波である。川西はわずか半日で、げっそり痩せ細ったように見える。

ほかに護衛の若い武士がいるだけで、ここには誰もいない。お化けが隠れたりしていなければだが。

「いやはや、とんでもないところですな、ここは」

川西がうんざりした顔で言った。

「そうだな」

「なんですか、あの小舟の揺れることは。船酔いでまだ気持ちが悪いくらいです。しかも、こんな藁だらけのところでカギなんか捜したら、一日がかりですよ」

「たしかにそうだな」

牛の餌にもなるのだろう。稲藁や干し草が小屋の中にぎっしり積まれている。

「姫にはもう出ましょうと言っているのですが」

川西がそこまで言うと、

「竜之助さまに伝えなければならないことがありましたので」

と、美羽姫は言った。牛に稲藁を与えているところだった。

「では、それをお聞きします」

美羽姫はうなずき、竜之助を外に連れ出すと、

「わたしは途中迷ってしまって、おかしな小屋の縁の下に入り込んだのです」

と、小声で語り始めた。やはり、牛小屋に誰か隠れているような気がするのだろう。

「縁の下？　どうしてまた？」

「仔狸を追いかけて」

「仔狸？」

「そんなことはどうでもよいのです。それよりも、ひどく物騒な話を耳にしまし

た。川西に言おうと思ったのですが、蜂須賀家の用人ごときではなにをしたらよいかもわからないでしょう。ここを出たら町方に報せようと思っていたら、竜之助さまがいらっしゃるではありませんか」

「いったい、どんな話です？」

「どうも、この村はろくでもない連中の持ち物みたいですよ」

「じつは、そうなんですよ」

「それで、その連中は鬼火組とかいうのと敵対しているのでしょう？」

「よく、おわかりで」

「そんな話だったのです。それで、鬼火組の二人はいったん外に出たけど、また、もどって来たみたいです」

「ははあ」

岩錦の話である。火鉢の三十郎もそうしたことはわかっているらしい。

「その二人はここの親分ではなく、誰か別の者の命を狙っているのだけれど、誰かはわからないのです」

「ええ」

それはたぶん、丑松と間違えたお岩のことだろう。

「ただ、鬼火組がここで動いているというのは、町名主と超弦という人がからんでいるんだそうです」

「なるほど」

あの連中が結びついているのは、これではっきりしたと言える。

「しかも、町名主と超弦はなにか悪事をしでかしています。ここの親分という人が、あいつら、やっぱりやったんだよ、と、嬉しそうに、でも気味が悪そうに言ってましたよ」

「それで、だいぶわかってきました」

お岩殺しの裏に町名主と超弦という坊主が関わっているだけでなく、もうひとつ背後になにか悪事が隠されているらしい。

「お役に立てれば嬉しいです」

「もちろん、役に立ちました。それと、美羽さま。これは町方同心としての忠告です。この先まで行くのは、もうお止めになったほうがよろしいかと。ここの仕掛けとは別の危険に巻き込まれることになりかねません」

竜之助がそう言うと、美羽姫はにっこり笑って、

「出ます。それに、ここは物騒過ぎます。わたしはやっぱり、生きものたちと遊

んでいるほうがずっと面白い。じゃあね、竜之助さま」

そう言って、仔猫のような素早さでくるりと踵を返した。

六

竜之助は、美羽姫一行を見送ると、客たちが積み藁の中を探るようすを眺めながら、わかったことを整理してみた。

発端は、この地獄村の第一場で、お岩の扮装をした丑松が、何者かに硬い石かなにかで撲殺されたことである。

この下手人は、岩錦ともう一人の鬼火組の連中だろう。

ただ、殺した丑松は、本来狙っていた相手とは違っていた。

しかも、死んだ丑松を、別のお岩である久太が運び出し、どこかへ持って行ってしまった。

そして、その久太は舟に乗った町名主と超弦和尚を脅していた。

久太はなにか知っている。そして、岩錦たちが殺そうとしたのも久太なのだ。

また、町名主と超弦は鬼火組とからんで、なにかとんでもない悪事をしでかした。

——もしかしてそれは……。

この家で起きた一家心中につながっていくのではないか。

——その手がかりになるのは……。

竜之助は、やよいから預かった巾着を懐から取り出した。盗まれた町名主は、ひどく動揺したらしい。この巾着の中にあった煙管の先。これが大事なものなのではないか。

それには、いなくなった久太も捜さなければならない。

ここまで考えたとき——。

この第四場の入口あたりに、町名主と超弦が顔を見せた。

わきに用心棒が一人ずつついているが、さらに岩錦たち三人もいっしょになっている。

計七人。どう見ても、お伊勢参りに出て行く善良な庶民たちとは、漂う雰囲気が違う。この連中は、たぶんお伊勢参りには行かない。

男たちは誰かを捜すようにして、周囲に目をやった。

そのうち、町名主と竜之助の目が合った。

町名主は超弦になにか言った。たぶん、

「町方がいますぜ」

くらいのところだろう。

超弦が答えた。これもだいたい想像がつく。

「どうせ、お岩殺しの件だろうよ」

その先もなにか言っている。

こっちはいろいろ言っていて想像がつかない。

「なかなか鋭そうな同心だ」

「ああ、お岩殺しくらい、たちまち調べがついてしまうかもしれない」

「たしかに。しかもわしらの奥の悪事まであばいて、ぜんぶ明らかにされてしまうような気がする」

「無駄にさからうのはやめて、さっさとお縄になろうか」

「そうしよう」

そんな話だといいが、たぶん違う。

竜之助はとりあえず、あの家の中を見ないといけない気がしている。

あそこでなにがあったのか。

婆さんが言っていた、毒を飲んで一家心中というのは、ほんとうのことなのか。

　だが、いっこうにカギが見つかる気配はない。

「ここから先はほとんど行けないんだろう？」

　と、竜之助は今朝次に訊いた。

「ええ。ここの家に入るのが怖くてやめるか、カギが見つからないまま諦めてしまうのがほとんどですね」

　小さなカギがどこかにあるのはたぶんほんとうなのだ。

　だが、この藁の山からそれを見つけ出すのは容易ではない。

「それでも、大関の不知火は最後まで行ったんだよな？」

「はい。不知火ただ一人ですよ」

「なるほどな」

　竜之助は腕組みし、しばらく考えたあと、

「やっぱりこれしかないよな」

　そう言って、家に近づいた。

「文治、やよい。見つかったぜ」

　まだ牛小屋の中を捜している二人に声をかけた。

「え、ほんとですかい？」

「どこにあったのです？」

「ここは、これしかないだろうよ」

竜之助はそう言って、腰をかがめ、両手をさっと地面につけると同時に、思い切り戸に突進した。相撲のぶちかましの要領で。

ばしん。

と音がして、戸は内側に吹っ飛んだ。竜之助もまた、その勢いで中へと転がり込む。

凄《すさ》まじい埃《ほこり》が舞い上がる中で、

「な、開いただろ」

と、竜之助は笑った。

七

見る人が見れば、いま、浅草寺の風神雷神門の周辺は物騒なことになっていると思うことだろう。両国に力を持つやくざの鬼火組がぞくぞくと集結していたのである。

その数、およそ六、七十人ほど。

切羽詰まったような顔つきから察するに、これから出入りが始まるところである。ただし、それっぽい恰好はまだしていない。

この界隈はさりげなくやり過ごし、地獄村が近づいたところで、いっきに戦闘の準備に入るという段取りだった。

鬼火組の頭領である鬼火の小平太《こへいた》もすでに来ていて、予定の刻限を待っている。

ただ、門のあたりに町方の同心たちがいるのはまるで予想外のことだった。

「なんだ、あれは？」

と、小平太は子分に訊いた。

「ええ。どうも、この門のところで死体が見つかったらしいんです」

「喧嘩でもあったのか」

「いいえ、そんなんじゃねえんで。なんでも真っ二つになった遺体が、二つの袋に分けて置かれてあったそうです」

「へえ、ずいぶん小粋なことをするじゃねえか」

と、嬉しそうに笑った。

鬼火の小平太は、ずいぶんと小柄な男である。だが、喧嘩となると滅法強い。十年前、まだ小平太が三十ちょっとのころだが、両国橋の上で相撲取り三人と喧嘩をし、三人ともぶちのめしてしまった。

三人のうちの一人が、いまでは小平太の子分になっている岩錦だった。

それほど強い小平太が、ふいに慌てて柱の陰に隠れた。

「あ、まずい」

「どうしたんです、親分」

「おれの苦手な同心がいたんだ。まさか見られなかっただろうな」

と、顔をしかめた。

「おや！　そこにいるのは、鬼火の親分！」

あたりに大声がこだました。

矢崎三五郎の大声である。

「くそっ、見られたか」

「隠れたって駄目だぜ。おいらの鷹のように鋭い目を舐《な》めるんじゃねえぜ。もちろん、逃げたって駄目だぜ。おいらの足はどこまでもおめえのあとを追っかけるよ！」

「逃げませんよ、やだな、矢崎の旦那は」

小平太はしょうがなく、柱の陰から顔を出した。

「なにしてんだよ、こんなところで？」

矢崎が訊いた。

「参詣ですよ、浅草寺さまへ」

「へっ、笑わせるなよ。聞いてるぜ、火鉢の三十郎の景気がいいもんで、おめえがずいぶんヤキモチ焼いてるってよ」

「つまらねえ噂を信じねえでくださいよ」

「噂かねえ」

「あっしはそんなケチな野郎じゃありませんよ」

「ほう。岩錦はどうしたい？　出入りだったらあいつがいねえとまずいだろうよ」

「だから、出入りなんかじゃありませんって」

「じゃあ、見物か、お化けの？」

矢崎が小平太をからかっていたときである。

「大変です」

と、地獄村に行った小者が息を切らしてもどって来た。

「なんでえ、福川を呼んで来たのか？」

「いえ、それが地獄村の前まで行きましたら、高田さまとばったり会いまして」

「会うなよ、あんなやつに」

「そうは言っても会ってしまったのですから」

「それで、どうしたんだ？」

「なんでも地獄村のほうもごたごたがあって、援軍に来てもらいたいと。それであっしが先に走って来た次第なんです」

「ごたごただと？」

「あ、高田さまが」

高田も人混みをかきわけ、やって来た。

「矢崎、援軍だ。早く来い！」

「なんでですか？」

「どうも、地獄村に鬼火組が大挙して押しかけるんだそうだ」

「鬼火組が？」

矢崎はじろりと小平太を見た。

「早く、来い。矢崎と戸山、あと小者も五人来い。それと、奉行所にも応援を頼め」

このやりとりを聞いた鬼火の小平太が、

「おい、まずいな。どうしよう?」

「今日はやめにしますか?」

子分も気が変わりつつあるようである。

だが、そのとき――。

「鬼火の親分、こうすりゃいいのさ」

と、歩み寄った男がいた。

八

「あっしがやりました」

矢崎の前に立った男は言った。

昼間っから酒の匂いがぷんぷんする。まともな仕事はしていないだろう。胸元から、彫り物が見えていた。

「なにを?」

「ここに真っ二つの遺体があったでしょうよ。あれは、あっしがやったと言ってるんで」

「ほんとか？」

矢崎は半信半疑である。

あんな残虐な殺しの下手人が、自ら名乗り出るのはめずらしい。

「嘘は言いません」

「どうやってやった？」

「千枚通しで胸を突いたんだ」

この答えに矢崎の目が光った。

「一カ所か？」

「いや。胸に一突きで男は死んだが、あと二カ所突いて、三角のかたちをつくった。あと足にも」

「なんだと」

間違いない。このことを知っているのは、矢崎のほかには戸山と数人である。

「それから、この長ドスで真っ二つに斬ったんでさあ」

男がそう言ったとき、高田九右衛門が苛々して矢崎を呼んだ。

「矢崎、早くせい。地獄村に向かうぞ」

「ええ。わかりました。誰か、こいつを縛って番屋に置いといてくれ」

矢崎は怒鳴った。

「旦那、いいんですか？」

「あ？　おいらは忙しいんだ」

「でも、あっしが殺したのはこいつ一人だけじゃありませんぜ」

「なんだと？　誰を、どこで殺したっていうんだ？」

「向こうの寺の墓地だよ。墓参りに来ていた七人の家族づれをうまいことを言って呼び寄せ、やったんだ。まだ、息があるのもいるかもしれねえ」

「なんだと……」

矢崎は目を瞠《みは》った。

とんでもないことが起きている。

家族づれで、無辜《むこ》の町人が七人……。

「矢崎。行くぞ！」

また高田が叫んだ。

「高田さま。それどころじゃなくなってきたんですよ」

「なんだと？」

高田を無視して、

「どこの寺だ？」

と、矢崎は訊いた。

「寺の名前なんざわからねえ。寺だらけなんだから」

「おい、いまから案内しろ」

「わかりました」

男はそう言って、上野のほうへ歩き出そうとする。

「高田さま、やくざ同士の出入りなんざ勝手にやらせておきましょうよ。迷惑な連中が少なくなってちょうどいいってなものです。それより、こっちは罪もなき町人がやられて、しかもまだ息があるというんですぜ。おいらはこっちに行きますよ。おい、町方の者は全員、おいらについて来い！」

矢崎三五郎はもはや高田には目もくれない。こうなると戸山甲兵衛も行かざるを得なくなった。

「高田さまは？」

振り向いて、戸山は訊いた。

「わ、わしは福川のところに行ってやらなければかわいそうではないか」

「そうですよね」

「おい、戸山、待て」

矢崎を追おうとする戸山を、高田が引き止めた。

「なんでしょう？」

「福川にせめて団子でも差し入れてやりたいが、来る途中、スリに巾着を掏られた。ちっと貸してくれ」

「いいですよ」

戸山は巾着から二分銀と百文ほどを高田に渡し、にやにやしながら言った。

「福川も高田さまがもどって来てくれたら百人力でしょうな」

鬼火の小平太は、矢崎がここらの町方を全員連れていなくなるのを、呆気《あっけ》に取られたように見送った。

矢崎が知りそうもない新入りの子分に命じて、自分から罪を告げさせたのである。

「あとで気がふれたことにして助けてやるから」

と、命じて。

細かいところは、この策を教えてくれた男の言うとおりにさせただけである。

「どうだ、うまくいっただろうが」

と、男は言った。

「ほんとですね。恐れ入りました」

小平太は頭を下げた。

「ところで、おい、用心棒はいらないか」

「用心棒？」

「わしを今日だけ雇わぬか？」

「旦那を？　高く吹っかけるつもりじゃないでしょうね？」

「金か。そうだな、一両にまけとくか」

それを聞いて、鬼火の小平太は満面に笑みを浮かべた。

九

線香の匂いが噎《む》せるくらいに漂っていた。

竜之助を先頭に、文治、やよい、さらに盲目の男にその甥、今朝次が入った。

さらに、この周辺にいた客も十人ほど、竜之助たちのあとから恐る恐る家の中をのぞき込んだ。

玄関は土間へとつづいている。

土間は台所ともいっしょになっていて、広さは畳にして十六畳分ほどだろうか。

流しがあり、へっついがあり、そのわきに水甕《みずがめ》がある。

台所は近ごろ使ったような跡がない。なにもかもが乾き切っている。

土間を上がると、同じ広さほどの板の間がある。

また、板の間の半分ほどは中二階になっていて、そこに上るための急な梯子《はしご》段が隅にあった。

この板の間の真ん中に囲炉裏が切ってある。

「この囲炉裏だ」

と、竜之助は言った。

「ええ。五人がこの周りで」

文治が悲痛な顔でうなずいた。

「やっぱりなにかいる、この部屋に」

と、あとで入って来た女の客が言った。二十七、八の派手な化粧の女である。

「ほんとにいるかい？」

竜之助はそう言った女に訊いた。

「いますよ、これがわからないんですか？」

女は非難するように言った。

正直、幽霊のたぐいは見たことがない。感じたこともない。

「ああ。すまねえな」

竜之助は詫びた。感じるという人を疑うつもりはないのだ。

「謝られても困るのですが」

と、女はじいっと囲炉裏のあたりを見て、

「ああ、なんか、凄く嫌な感じがする」

「嫌な感じ？」

「心中じゃないかもしれない」

「というと？」

「殺された」

「それは……」

竜之助もそう思う。

「あ、苦しそう。かわいそう」

「どうやって殺されたんだい?」

と、竜之助は訊いた。

「わからない、それはわからない」

女は激しく首を横に振った。

「誰がやったのかは?」

「それもわからない」

残念ながら、霊のお告げも竜之助の勘とどっこいどっこいらしい。

「福川の旦那」

文治が呼んだ。

「どうしたい?」

「位牌がありますね」

と、小さな箱を指差した。

上に、粗末だがまだ新しい位牌が五つならんでいた。線香立てもそこにあり、数十本の線香が半分ほどまで燃えていた。

ということは、ついさっき誰かがここで線香を供えたのだ。

「誰かが自分でつくったのかな」

大きさもまちまちな白木に、名前を書いた文字も下手糞《へたくそ》である。

義作
うめ
万作
菊
豊作

下手な字でも、五人の名は生きた証《あかし》のようにくっきりと浮かんでいる。思いを込めて書いた字なのだろう。

と、そこへ――。

「竜之助さま。あの、怖がらない女の人がなにか話したそうにしています」

やよいがそばに来てささやいた。

「なんだって」

女は部屋の隅でじっと囲炉裏のあたりを見つめている。口がかすかに動いていた。

竜之助はそばに寄り、

「どうしたんだい？」

と、やさしく声をかけた。

「あたしは……あたしは……幽霊なんです」

「幽霊？」

「自分がもう死んだってことに気がつかないんです」

「死んでなんかいねえ。生きてるじゃねえかよ」

竜之助は、笑みをふくんだやさしい声で言った。

「いいえ。あたしは、ここで死んだんです」

と、囲炉裏端を指差した。

「ここで？」

「ええ。去年の今日」

「今日が命日なのかい？」

「はい」

女がうなずくと、竜之助の後ろのほうで、

「やだ。今日が命日なんだって」

「怖い。もう、帰ろうよ」

などという声が聞こえた。

「毒を飲んで？」

「毒なんか飲みません」

「じゃあ、どうして死んだんだい？」

「わかりません」

「あんた、もしかして、お菊さんじゃないのかい？」

「はい、菊です」

この人がこの場の名前にもなっているお菊だった。

では、本物の幽霊が出るというのは、この人のことだったのか。

もう一度、お菊をじっくりと見た。

それから、手を摑み、しっかりしなという気持ちも込めながら、指先あたりをさすった。

幽霊などではない。ぬくもりもある。水仕事などで働いている女の疲れもある。まぎれもなく、生きている人間だった。

「死んだっていうのはどうしてそう思うんだい？」

「……」

答えはない。

「忘れちまったのかい？」

「……」

「大丈夫かい？」

お菊はまた、ぼんやりしてしまっている。

だが、最初に見たときよりも目に光がある。

「やよい。もうちょっと様子を見ていてくれ。また、元気を取り戻すはずだから」

「わかりました」

と、やよいはうなずいた。

十

「いやあ、まいったよ」

大きな声で入って来たのは、高田九右衛門だった。

「高田さま。援軍は？」

竜之助が訊くと、高田はひどく申し訳なさそうな顔をして、

「それが来られなくなった」

と、言った。

「来られない？」

「まあ、途中で団子を買って来た。これを食って、すこしでも力をつけてくれ」

「いや、団子なんか……ほんとにうまそうですね」

たしかに腹が減っている。

「おい、文治、やよい、いただこうぜ。一本余るな。よう、今朝次。よかったら食いなよ」

「いいんですか。じゃあ、いただきます」

団子を食いながら、高田の弁解を聞いた。

「ふうん。真っ二つの死体がね。それで、ほかに七人も殺したと」

「しかも、まだ息があるのもいるかもしれないというので、矢崎たちは全員そっちに行ってしまったのだ。やくざどもなんか、やらせておけと。数が減ってちょうどいい、などと言っていたぞ」

「そういうわけにもいかないでしょう。それにしても、その話はなにか変ですね」

「変なのさ。矢崎と戸山甲兵衛とで謎解きを競い合っていたようだが、さっぱり埒が明かなかったみたいだ」

「考え過ぎたんじゃないですかね」

「そうかもしれぬな。しかも、わしはわしで、ここを出るとき、スリに巾着は抜かれるし、まったくひどい目に遭った」

「スリに！」

と、文治が言った。

「ああ。まあ、巾着はどうでもいい。たいした額は入れておかなかったからな。ただ、地獄うどんの汁を入れていただろう。あの汁を盗まれたのが悔しくてな。あのとうがらしの分量はぜひ研究したかったのだがな」

高田が悔しそうに言ったとき、

「とうがらし？　うどん？　その匂いはしてますよ」

と、後ろから声がした。

見ると盲目の客だった。

「わたしは目が見えない分、匂いを嗅《か》ぐ力は発達したみたいで、かすかな匂いを嗅ぎ取ることができるのです。さっき、その匂いが……あ、いま、入って来ました。この家の中、わたしの左手のほうに人が入って来たでしょう？」

小声でそう言った。

竜之助と文治はうなずき、さりげなく動いて、その男の前後をふさいだ。

「おい、銀次郎」

先に文治が声をかけた。

「あっ」

銀次郎は文治の顔を見るや、身をひるがえし、竜之助のわきを駆け抜けようとした。

だが、竜之助の動きはさらにすばやい。

銀次郎に足をかけると同時に、手首も摑んだ。

くるっと、一回転して、もどったときは、竜之助が後ろ手に締め上げていた。

「痛《い》てて、旦那、何なさるんで？」

「しらばっくれるなよ。おめえがさっき、こちらのお方から巾着と竹筒を盗んだのは、その着物に染みついた匂いが証明してるぜ」

竜之助は毎晩、稽古しているべらんめえ口調で言った。

「くそっ。あの竹筒が壊れたせいで」

と、銀次郎は悔しそうに言った。

「町奉行所の与力さまから巾着を盗むとはふてえ野郎だ」

文治がそう言うと、

「え？　あれが奉行所の与力？」

銀次郎は不思議な顔をした。

「てめえ、二度と娑婆《しゃば》を拝めると思うなよ。八丈島《はちじょうじま》に送ってやるからな」

文治は嬉しくてたまらない。宿敵とも言えるスリを捕まえたのだ。

だが、そこで竜之助が意外な提案を持ちかけた。

「親分はこんなに怒ってるんだ。おめえも、ちっとはいいことをして、心証を和らげてもらうってことは考えねえのかい？」

竜之助の言葉に、文治は「え？」という顔をした。

「正義のためになることをすれば、裁きにもお情けがかかろうというものだぜ」

「どういうことで？」

と、銀次郎は訊いた。

「おめえが掏ったこの巾着と煙管を元の懐にもどしてもらいたいのさ」

竜之助は、懐から巾着を出した。

「それはどうなすったんで？」

「あんたが掏り、金だけ抜いて捨てたやつだよ」

「ええ。巾着に見覚えはありますす。それを拾っておいたんですね。でも、巾着は憶えていても、誰から掏ったかなんざすぐに忘れちまうんですよ」

「それは大丈夫だ。こっちがわかっているから」

「そりゃあもどすくらいでしたらお安い御用で」

銀次郎は引き受けた。

「旦那。どういうことなんです？」

と、文治が呆気に取られて訊いた。

「なあに、こうやって町名主の懐にもどしておけば、煙管をなんに使うつもりか、わかるかもしれねえだろう。ちょっと待ってくれ。これだけは書いておかないと」

竜之助は、いつも持ち歩く手帖を破いた紙に、矢立ての筆でさらさらとこんなことを書いた。

金だけいただくのがおれの主義。名人、はやぶさの銀次郎

「これで、巾着がもどったことも怪しまないだろ」

「なるほど」

文治はようやく合点がいったらしい。

「お、来た、来た。お目当ての一行だ」

なかなか入って来なかった町名主と超弦、それと五人のつれが、へらへらと笑いながら、この家の中に入って来た。

第五場　戦場ヶ原

一

入って来た町名主と超弦たちは、やたらと態度が大きい。

ちらりと竜之助を見たが、いずれも町方同心なんぞ、目じゃないといったふうである。

しかも、町名主とその用心棒は、土足で板の間に上がってきた。

「おいおい、雪駄《せった》は脱ぐべきじゃねえのかい」

と、竜之助は言った。

「あん？」

町名主は聞こえなかったふりをした。

「雪駄を脱ぎなよ。皆、脱いでるだろ。いまはあるじがいなくても、ここは他人の家だろうが」

竜之助はもう一度、言った。

「ほう。威勢のいい町方だな。だが、ここは浅草寺領ですぜ」

町名主はにたにたと笑いながら言った。

「浅草寺領は土足でもいいのかい？　じゃあ、おいらも帰りに浅草寺の本堂に土足で上がらせてもらうぜ」

この竜之助の言葉に、町名主は用心棒や岩錦の顔を見た。

部屋にいた者は皆、緊張に蒼ざめている。

「まあまあ、八田さん。後にしましょうよ」

超弦が声をかけた。

「そうですな。後にしましょう」

町名主は思わせぶりにうなずき、雪駄を脱いで土間から上がり直すと、

「なるほど、ここがな」

嫌な笑いを浮かべて、囲炉裏端を見た。

それほど大きな囲炉裏ではない。畳半分ほどで、上に鍋などをかける鉤《かぎ》がぶら

下がっている。薪の燃え残りがあり、かすかに煙を出している。

去年の今日までこの囲炉裏の周りに一家の団欒《だんらん》があり、そして一家がここで亡くなってしまったのだ。

竜之助もつい、この光景に見入っていると、

「あ、亡くなった五人がしがみついている」

と、やよいが町名主を指差して言った。

「なに？」

「ああ、すごく恨んでいるみたい」

「なんだ、このあま、ふざけたことをぬかすな」

やよいを怒鳴りつけた。

とても町名主の品性ではない。

そのとき、急に囲炉裏の火が大きく燃え上がった。

同時に、囲炉裏の上に下がっていた自在鉤が、誰も触っていないのに揺れはじめた。

「きゃあ」

と、悲鳴も上がった。

ばたん。

と、大きな音を立てて、戸が閉まった。

「なんだ、おい」

「どうなっているのだ」

町名主や超弦たちもこれには薄気味悪そうにしている。

このお菊の場では、まだ、誰も姿を見せていない。人の気配だけはあるが、人形ひとつ現われてはいない。

だが、それがむしろ怖い。

竜之助は台所をちらりと見た。最初、この家の説明をした婆さんがいて、へっついのわきに腰を下ろしている。後ろに回した手が、小さく動いたのがわかった。何かを引いたりすれば、火が燃え上がったり、鉤が揺れたりする仕掛けになっているのだろう。

そのとき、はやぶさの銀次郎が、

「もう駄目だ、怖ろしくていられねえ」

転ぶように逃げようとして、町名主とすれ違った。

軽くぶつかったが、詫びもせず、草むらの中を、

「怖いよう」

などと言いながら駆け去ってしまう。

銀次郎は、そのまま地獄村の外に出て、入口の門のところで待っている——さっき、そういう約束になった。

文治は「そのまま逃げちまうのでは」と心配したが、竜之助は銀次郎の表情に吹っ切れたものを感じた。どこかで一度捕まって、人生をやり直したい気持ちがあるのではないか。悪党が捕まるとき、そういう顔をするのを何度か見てきた。

町名主はぶつかった男をちらりと見たが、そのときはなにも気づかず、煙草を一服しようとして、

「あれ？」

と、小さく叫んだ。

「どうした、八田さん？」

超弦和尚が訊いた。

「これが」

町名主はそっと巾着を取り出し、中の紙切れを見つけて読んだ。

「あの野郎がスリだったんだ」

「とっ捕まえましょう」

子分が追いかけようとし、それを引き止めたりしている。

竜之助はそんなようすをしらばくれて見ていたが、やよいにそっと訊いた。

「亡くなった五人というのは、ほんとに見えたのか？」

「いいえ。あたしは、あそこの女の人のつぶやきを言っただけです」

さきほど、これは心中ではないと言った女である。

その女は、家の壁に手のひらを当てて、なにかを感じ取るようなしぐさをしていた。

「さあ、ここはもういい。次に行くことにしよう」

町名主がうんざりしたように言った。

「ほら、どけ、どけ」

岩錦を先頭にして、偉そうに一通り家の中を見てまわると、

「どうやって、第五場に行くのだろう？」

「まだ、見てないのは中二階だけか」

と、梯子《はしご》段を中二階へと上ろうとした。

最初に上ったのは岩錦だったが、

「げっ」

なにか、よほど驚くようなことがあったらしく、梯子段をどたどたと下りてきた。

「なんだ、どうしたんだ？」

と、町名主が怒ったように訊いた。

「う、上に本物の死体がいたんで」

岩錦は上を指差した。

「本物だと？」

「しかも、死体がしゃべったんです」

「えっ」

町名主たちは気味悪そうに互いを見つめ合った。

「なんとしゃべったんだ？」

竜之助が岩錦に訊いた。

「そ、それは……」

言いたくないらしい。

臆して誰も行こうとしない。

「おいらが」

と、竜之助が梯子段を上った。

「こ、これは」

中二階は畳敷きになっていたが、その奥の押入れのところにもたれていたのは、百姓の恰好をしているが、頭を割られて死んだ男――おかまの丑松だった。

どう見ても本物の死体である。生き人形などではない。やはり本物はわかるのだ。

――ここに誰かいる……。

人の気配があった。

「久太。久太だろう」

死体に向かって、小さく声をかけた。

「お前、この家の者か?」

「……」

「お菊さんは知ってるよな?」

「……」

返事はないが、竜之助の声は聞こえているのだ。

「なにをしようとしている。復讐か？　おいらは町奉行所の同心だ。この家で起きた本当のことを明らかにしてやるつもりだ。お前が知ってることを教えてくれ」

ことりと音がした。

遺体が寄りかかっている押入れの向こうである。

遺体をわきに除けて、押入れを開けようとしたが、開かない。

「町方になんか頼まねえ。もっと、頼りになる人に頼む」

それが返事だった。

町方をあてにしないで、誰をあてにするというのか。

ふいに気配が消えた。

「久太」

今度は押入れの戸が開いた。

下りの梯子段が見えた。

この梯子段は、この家の壁のあいだを通り、地下へとつづいている。

ここが、第五場への入口だった。

二

竜之助は久太を追うのをやめて、置き去りにされた丑松の遺体を見た。

割れた額の上部の傷。

それを見て、はっとなった。

下で恐々とこっちを見上げている岩錦に言った。

「おい、お岩殺しの罪で、おめえをしょっぴくぜ」

「なんだと」

「春次郎ってのはどっちだ？」

岩錦といっしょにいた二人を見ながら訊いた。

「春次郎はあっしですが」

顔に傷のある男が、ふてた口調で言った。

竜之助は、その隣にいた痩せた男を指差しながら、

「じゃあ、おめえのほうだ。岩錦とおめえと、二人がお岩殺しの下手人だ」

「なんだと」

竜之助は、中二階から下りた。

「ここじゃほかの客に迷惑だ。ほら、表に出なよ」

と、外へ誘いだす。

岩錦も、もう一人といっしょに、笑いながら外へ出て来た。

「同心さま。お仲間が少ないようですので、あんまり無理しねえほうがいいんじゃないですか」

「なあに、おめえたち二人をしょっぴくくらいは、大丈夫だよ」

そう言った竜之助のわきで、文治が十手を構えた。

「あっしがなにをやったって？」

「あの中二階の死体は、ここの第一場でお岩をやっていた丑松っておかまさ。それをおめえが殺したんだろうが。別のお岩と間違えてな。さっき、ぶったまげて腰を抜かしそうになったのも、それを言われたからじゃねえのかい」

「旦那、死体をよく見てくださいよ。あいつは殴り殺されているみてえでしたぜ。あっしらはなんにも持っていねえ。どうやりゃあんなことができるんです？」

岩錦はせせら笑った。

「それは、わかったんだ。おめえは元相撲取りだよな。できるのさ。おめえのぶちかましでな」

「え？」

「相撲取りのぶちかましってえのは凄いんだろ。しかも丑松はおかまをしてたくらいで、骨組みなんざあまりがっちりしていねえ。おめえのぶちかましを額に受けたら、割れちまうだろうが」

「くそっ」

岩錦がいきなり竜之助の顔をめがけて突進してきた。

これがいま話に出たぶちかましだろう。

「おっと」

体を開いてかわした。まともに受けたら、本当に吹っ飛んでしまう。丑松はまともに受けたのだ。

さらに岩錦は手を伸ばして竜之助を捕まえようとする。捕まえられると、さば折りで背中を砕かれるか、息が詰まって窒息死するかだろう。

体をかわすと同時に刀を抜き、峰を返した。

「てめえ」

もう一度、渾身《こんしん》の力で突進してきた岩錦の腕を叩いた。

太い腕も、刀の峰で叩かれたらたまらない。

「ぐわっ」

痛みのあまり、腕を押さえて地面を転がった。

すぐに文治が飛びかかって、後ろ手に縛り上げる。

もう一人は、ほとんど抵抗もしない。ただ呆然と、岩錦の次に縄をかけられた。

「どうしよう、五場まで連れていきましょうか？」

竜之助が、いつの間にか後ろに来ていた高田九右衛門に訊くと、

「いや、この先、足手まといになるだけだ。この家の中に転がしておこう。幽霊たちが見張っていてくれるさ」

高田は意外に颯爽《さっそう》とした口ぶりで言った。

縛った岩錦たちを中二階へ上らせようとすると、

「そりゃあ、勘弁してくれ。八田さま、助けてくださいよ」

岩錦は町名主にすがりつくように言った。

「岩錦。待ってな。あとでかならず助けてやるから」

「頼みますよ」

「では、先に行くぞ」

町名主が言い、一行は中二階から第五場へと向かった。

「旦那……」

文治が竜之助の言葉を待つように、顔を見た。

本来なら、丑松殺しの下手人を挙げ、これでホッと一息のはずである。が、とてもそういうわけにはいかない。

なぜ、岩錦は久太を殺そうとしていたのか。おそらく、命令されていただけだろう。

それは、久太に訊いたほうがわかるはずである。

竜之助はうなずいて、きっぱりと言った。

「おいらたちも次の戦場ヶ原だ！」

三

そのころ——。

矢崎三五郎は、真っ二つにされた殺しの下手人だと名乗り出た男を引っ立てながら、浅草寺の西に広がる寺町に来ていた。

だが、この七人を殺したと言った男の話は、まるではっきりしない。

「おい、どこなんだよ」

「たしか、こっちだったか」

行けば、門のかたちが違うだの、墓はこっちじゃなかっただのと、死体にはいっこうにめぐり会えない。

「この野郎、いい加減なことをぬかしてるんじゃねえぜ」

矢崎は苛々してきた。

「なにぶん、あんときは興奮してましてね」

矢崎が怒るほどに男の口調はのらりくらりしてきている。

しかも、小者を駆け回らせ、この界隈の寺の墓地に、遺体や怪我人がないかを確かめてもらっている。

それが見つかったという報告さえ、いっこうに入ってこないのだ。

「あいつ、ほんとに殺したのかな」

戸山が疑《うたぐ》り始めた。

「まさか」

矢崎も不安になっている。

鬼火組の下っ端が、咄嗟《とっさ》に町方の者を地獄村に行かせないため、嘘をついたのかもしれない。

本当はこっちよりも地獄村のほうで、とんでもないことが起きているのではないか。あの福川が、いつまでも出てこられないでいるというのもおかしいではないか。

「だとしたら、どうしてあの胸と太股の傷のことをあんなにくわしく知っていたのかがわからねえな」

戸山も不安なのだ。

どちらにせよ、こんなことをしていてもきりがない。

「ここは分けよう。戸山、おめえはここでつづきをやってくれ。おいらは小者二人を連れて、地獄村に駆けつけるぜ」

「ちょっと待て。この謎はおめえが最初に」

「わけがわからなくしたのはおめえだろ」

矢崎はそう叫ぶと、凄い勢いで駆け出した。

四

「つぶれただと……」

高田九右衛門の足元がよろめいた。

「つい、昨日のことだそうです」

今朝次がすまなそうに言った。

四場と五場のあいだにあったというおでん屋は、閉店していた。あまりにも客が来ないので、とうとう畳んでしまったのだという。

「百川のおでんの味。一口でいいから確かめておきたかったなあ」

高田の落胆ぶりは相当なものだった。

だが、竜之助は、そんなことよりも眼前の景色に唖然《あぜん》としていた。

いったいどこまで来てしまったのかと思えるほどである。大草原が広がっているではないか。

いや、これははたして草原なのか。

いまはもう晩秋といってもいい季節なのに、ひまわりの花が咲いている。赤いのは彼岸花だろうか。

気味が悪いことに、枯れた草が藍色をしている。

草花の色合いが本物とはまるで違う、不気味な色をしているのだ。

しかも、外はまだ明るいはずなのに、ここは真っ赤な夕焼け空ではないか。

じっと空を見れば、その理由はわかる。

これはほんとうの空ではない。空全体が、色を塗った布で覆われているのだ。ところどころに高い櫓《やぐら》が組まれているのは、空全体を覆うためなのだろう。

「こりゃあ、なかなかの大仕掛けだ」

人けはほとんどない。

ほとんどの客は諦めてしまったのだ。

「さあ、行こう」

竜之助は歩き出した。

ふつうの客なら、あとは出口を捜せばいいだけだろう。だが、竜之助は逃げた久太を見つけなければならない。

久太こそが、この地獄村に隠された本当の秘密を知っている。

そして、ここではまだ一騒動起きるはずなのだ。鬼火組の殴り込みが。

歩くほどに、ここは不思議な地形だった。

かなり凹凸がある。土盛りがしてあり、逆に削っているところもある。

そこを上り下りしているうちに、自分がまっすぐ歩いているのかどうか、わからなくなってくるのだ。

吹雪に巻き込まれ、山中をさまようと、結局、同じところをぐるぐる回っていたりすると、竜之助はそんな話を聞いたことがある。

それと似たようなものだろう。

お菊の場と同様に、とくにお化けのようなものは出て来ない。

逆に、お化けに出て来てほしいくらいである。ここは、単調さが、やがて奇妙な恐怖心をかきたてるようなところだった。

「竜之助さま。あそこに砦《とりで》があります」

土盛りをした高いところにいたやよいが、前方を指差して言った。

竜之助もそこに行き、前を眺めた。

「ほんとうだ」

戦国の世さながらの、丸太を組んでつくったいかにも荒々しい砦がそこにあった。

そのときだった。

大声が聞こえてきた。

「殴り込みだ。皆、砦に集まれ、鬼火組を迎え撃つぞ」

喚いているのは火鉢の三十郎らしい。

竜之助たちが来たのとは別のほうから、四、五十人の一団が駆けてきて、砦の上によじのぼった。

逆のほうからも声がした。

「出て来い、三十郎。鬼火の小平太のお出ましだぜ。ぶっ殺してやるから、出てきやがれ」

双方からの喚声《かんせい》が大きくなってきた。

竜之助たちの近くも、血相を変えたやくざが駆けていく。三十郎の子分たちはこれで六、七十人にもなったのではないか。このところの景気のよさで、子分の数もぐんと増えたのかもしれない。

そのうちの一人が今朝次を見て、立ち止まった。

「おい、今朝次。なにしてるんだ。出入りだぜ」

今朝次はそれを聞いても、黙って俯いている。

「行かねえのかい？」

と、竜之助は訊いた。

「やくざを辞めようかと思ってましてね」

「そりゃあ、いいや」

「旦那を見てたら、人は一生懸命生きないと駄目なんだと思えてきましたよ」

「それは、おいらなんか見なくたってわかるだろ」

と、竜之助は照れた顔をした。

「くだらねえ喧嘩ですよね」

今朝次は砦を指差した。

砦に立てこもった三十郎の一味。

それをぐるっと取り囲んだ鬼火組。こっちもかなりの人数で、七、八十人はいるかもしれない。

そのずっと向こうには、町名主の八田八郎左衛門と、宝寿院の超弦が、高みの見物といったようすで喧嘩を眺めている。

「なんだ、三十郎。怖くて、そんなところにこもっちまったのか」

と、下から怒鳴ったのが、鬼火組の組長なのだろう。

「怖いだと、馬鹿言ってんじゃねえ。小平太。これからのやくざは、これが必要なのさ」

と、三十郎は自分の頭を差してみせた。

「てめえ、覚悟しやがれ！　砦があるのは、先刻、承知だ」

と、鬼火組の連中は、準備してきた矢を放ちはじめた。

やくざの出入りに矢が使われるのはめずらしいのではないか。

「どうする、福川？」

と、高田が訊いた。

「やくざだろうがなんだろうが、殺し合いを黙って見ているわけにはいきませんよ」

と、あいだに割って入った。

「南町奉行所の者だ。神妙にしろ！」

「よせ、若造」

「引っ込んでいやがれ」

三十郎と小平太の両方から声がかかった。

だが、竜之助は声を張り上げた。

「いますぐ喧嘩をやめ、武器を捨てるのだ」

「笑わせちゃいけねえ」

「木端《こっぱ》役人が出てくるんじゃねえ」

仕方がない。

竜之助は峰を返した刀を振るった。

下にいた鬼火組の手下たちを、三人、四人と倒していく。

それを見たやよいも、さりげなく竜之助を助ける。土くれや小石を拾っては、竜之助の背後を襲おうとする者にぶつける。

そのやよいの目がふいに見開かれた。

「あ、あの男は！」

五

そのとき——。

たいそう大きな声がした。

「野郎ども、静まれ。喧嘩はやめだ！」

いままで聞いたことがないような大声である。

しかも、気合いに溢《あふ》れている。これが剣さばきであれば、古今無双の達人技だろう。

「おれだ、新門辰五郎だ！」

天下にその名を轟《とどろ》かせた侠客である。

浅草寺の新門わきに家を構えていたため、新門の辰五郎。それが通り名となった。

その辰五郎が、わずか二人ほどの手下を連れて、この修羅場に駆け込んできた。子分三千人と言われる辰五郎だが、よほど急いで出てきたのだろう。だが、わずか二人とはいえ、この巨漢たちをかいくぐって辰五郎になにかしようとしても、かなりの人数が必要となるはずである。

新門辰五郎の名前は、やはりやくざには特別なものらしい。

皆、硬直したようになって争いをやめた。

「この喧嘩、おれが引き受けた」

辰五郎は砦の下に歩みを進めた。

「辰五郎親分がわざわざ」

鬼火の小平太が丁寧に頭を下げた。

「おれは別の用事でここに来ることになっていたのさ。そうしたら、てめえらが喧嘩をおっぱじめたってんで、急いで駆けつけて来たんだ」

「そうだったんで」

「辰五郎親分！」

と、声がした。

「おいらが久太です」

遠くのほうから声がして、久太が姿を見せた。

だが、やくざたちを警戒しているのか、近くまでは寄って来ない。高いところから辰五郎に向かって話をするつもりらしい。

「おめえか、おれに大事な話があると言ってきたのは？」

辰五郎が訊いた。

「はい。おいらは、この田んぼを耕作していた家の者です。といっても、百姓が嫌で旅役者になっていたのですが、去年、ひさしぶりに浅草にもどったとき、ばったり会った兄貴から妙な話を聞いたのです」

「妙な話？」

「ええ。辰五郎親分が狙われているというのです」

と、久太が話し出すと、

「久太。その話は、あんたの誤解だよ」

向こうから超弦が現われた。

「おう、これは超弦和尚」

辰五郎もよく知っているらしい。

「辰五郎さん。その話はわたしからくわしくしてあげよう」

「親分。その話を聞いては駄目です。誤解なんかじゃねえ。最初に和尚さんに相談したのが間違いだった。超弦和尚も……」

と、そこまで言ったとき、久太はふいに倒れた。

「どうした、久太」

竜之助が駆け寄った。

「おい、しっかりしろ」

苦しそうにあえぐばかりで、とても話などできそうにない。

「医者を呼べ」

竜之助は近くのやくざに怒鳴った。

久太は土盛りされた高いところに立っていた。後ろから忍び寄った者にやられたらしい。

「くそっ、誰が」

竜之助が見回したとき、

「どこだ、出入りは！　南町奉行所だ！」

辰五郎ほどではないが、かなり大きな声がした。

矢崎三五郎が現われたのだ。

「おう、矢崎さん」

「これは新門の親分」

新門辰五郎と、矢崎三五郎も、旧知の仲だったらしい。

「出入りですって」

「おれが来たらその最中だったので、いま、やめさせたところさ。まずは、喧嘩の仲裁だ。おれのやり方を知ってるな」

「辰五郎親分の仲裁なら、聞かねえわけにはいきませんでしょうな」

矢崎は、火鉢の三十郎と、鬼火の小平太を見た。

「もちろんです」

三十郎がうなずき、

「存じ上げてます」

鬼火が殊勝な口をきいた。かすかに口元がほころんだ。

「おっと、急いで飛び出してきたので、例の煙管を忘れてきちまった。おい、ちっと取ってきてくれ」

「親分、煙管なら」

と、三十郎が差し出した。

「それじゃ駄目だ。勝安房守《かつあわのかみ》さまがアメリカに行ったときに買ってきた煙管なんだ。なあにおれの家なんざすぐそこだ。おい、ちっと取ってきてくれ」

「はい」

辰五郎のところの若い者がたちまち駆け出した。


「おい、福川」

竜之助を見つけた矢崎が近づいてきた。

「矢崎さん」

「こっちはこっちで大変らしいな」

「そうなんです」

「おいらのほうも、わけのわからねえ殺しが起きたんだ」

「殺し？」

矢崎は手短に風神雷神門に置かれた遺体のことを話した。

話を聞き終えると、

「どっちの前だとか、風呂敷の色なんかに意味がありますかね」

竜之助は首をかしげた。

「そうだよな。おいらもそんなものに何の意味があるんだと思ったんだよ」

「死因は真っ二つの傷ですか？　一刀のもとに？」

抜き打ちでそんなふうに斬っていたなら、よほどの達人だろう。

「それがどうも違うような気がするんだ」

「では、死因は？」

「胸に小さな三つの穴があったのさ」

「胸に三つの穴ですか」

「太股には四つだ」

「三つとか四つはともかく、死因は心の臓への一突きでしょうね」

「そうだよな」

「穴の数よりも武器のほうが気になりますね」

「武器が……たしかにそうだよな。あの戸山甲兵衛の野郎がわけのわからねえ推測をごちゃごちゃぬかしやがるので、おいらも何がなんだかさっぱりわからなくなっちまったぜ」

「千枚通しのような小さな穴だったのですね」

「ああ。針の穴とまではいかねえが、何か細いもので刺されたみたいだったな」

そこへ、新門辰五郎の子分が駆けもどってきた。

同時に、話が終わるのを待っていたやよいが、すばやく寄って来て、

「竜之助さま。ひとことだけ。朝、役宅を訪れた竿術夢幻流の国貞潮五郎がここに来ています」

「なんだって」

「もしかしたら久太って人も、あの人にやられたのかも」

「ううむ、それは久太だけじゃねえかもな」

辰五郎は、子分が持ってきた煙管を皆に見せた。

先の部分が大きくふくらんだ、変わったかたちの煙管である。

「これはアメリカの原住民たちの仲直りの儀式だそうだ。それをおれも取り入れたんだ。さあ、友好の約束の一服だ」

辰五郎がそう言うと、

「われらも見届けましょう」

八田と超弦も前に出てきた。このとき、八田が小平太に何かをそっと手渡すのが見えた。

「火鉢の三十郎」

「へい」

三十郎が一服した。

「鬼火の小平太」

「へい」

小平太が吸ったが途中で消えたらしく、

「火を貸せ」

と、横を向いた。

「これで、大丈夫です」

煙管を辰五郎にもどした。

辰五郎がそれを吸おうとしたとき、

「親分。その煙草を吸ってはいけません！」

と、竜之助が飛び込んだ。

「いま、すばやく煙管の先を取り替えました」

「先を？」

怪訝《けげん》そうに煙管を見た。たぶん、同じものか、それに似せたもので、区別がつかないのだ。

「毒です、それは」

「なんだと」

八田が目を剝き、

「町方は引っ込んでおれ」

超弦が怒鳴った。

「いや、これでぜんぶ、わかった」

と、竜之助が言った。

「なにが？」

「去年、ここで起きた一家心中は、じつは殺しだった。そして、その大元にあったのが、新門辰五郎の暗殺の企みだったのです」

「なんだと」

一同が、唖然となった。

六

「やっぱりそうかい」

と、大声を上げたのは、火鉢の三十郎だった。

「なにがやっぱりなんだ、三十郎」

新門辰五郎が訊いた。

「いえね。あっしがここにお化け屋敷をつくりたいと願い出たとき、八田さまと超弦さまがあの家をどうするのかをやけに気にしてたんでさあ。ほんとは、あの家は取っ払って欲しいみたいでした。それで、そのまま利用させてくれと頼むと、今度はそこにどういうお化けが出るのかとか、お化けはどんなふうに死んだことにするんだとか、やたらと心配するみたいなんでさあ」

「火鉢の。おめえはすっこんでな」

小平太が怒鳴った。

だが、三十郎はかまわずつづけた。

「それで、あっしはもしかしてこの二人は、あの一家になにかしたんじゃないかと思ったんです。もともと、この二人が新門の親分を避けて、両国の鬼火組と親しくしてるって噂はありましたので、直接、手を下さなくても、あいつらにやらせたなと」

「適当なことを言うな」

「そうだ。もう、この場所を使うのは許さぬ。そうそうに、このくだらぬ施設はたたんでしまえ」

町名主の八田と、宝寿院の超弦は、顔色を変えた。

だが、鬼火の小平太は落ちついたものである。

「辰五郎親分、笑わせてくれるじゃありませんか」

「なにがだい？」

「この煙草が毒だって。じゃあ、親分に吸ってもらおうとしたこの煙管を、あっしが吸ってみようじゃありませんか」

と、鬼火の小平太は言い、じっさいに火をもらうと、それをすぱすぱと吸い、さらに深々と肺腑の中に入れてみせた。

「ほれ、あっしは別になんともありませんぜ」

「……………」

辰五郎は竜之助を見て、どうしたものかという顔をした。

ほかの者もじいっと竜之助を見た。

竜之助は大きくうなずき、

「ふっふっふ。鬼火の親分も頑張ったじゃねえか。まあ、それで今晩は食欲もなくなるだろうがな」

「なんだと」

「もともと、この一服で親分を暗殺しようなどとは思っていませんよ。だいいち、これで親分が亡くなったら、下手人はどう見たって鬼火の小平太になっちまう。これは、毒の匂いに慣らすためなんです」

「匂いに慣らす？」

「いったん、これで吸っておけば、次にこの匂いを嗅《か》いだときも、そう妙な匂いだとは思わないでしょう」

「どういうことだ？」

辰五郎が興味を示したそのとき。

ふらふらとお菊が現われた。

「お菊さん」

「あたし、思い出しました」

「あの晩のことだね？」

竜之助が訊いた。

「はい。あの晩、あたしは用事で近くへ出ていました。でも、そのあいだに、一家は囲炉裏の周りで死んでいたのです。ちょうどそのとき、女の客があり、もどったあたしは変な匂いのする煙を吸ってぼんやりしたこともあり、倒れているのを自分だと思ったのです」

お菊がそこまで言うと、

「その女は、おれのところにいた下働きの女だったかもしれねえな」

と、辰五郎が言った。

「そうなんですか？」

「そういえば、言ってた気がする。近所の爺さんが、焚き火をやめたほうがいいと言っていたと。火の用心のことだと思っていたらしいが、どういう意味か訊きに行ったのかもしれねえな」

「まさに符合しますね」

「あの日を境にいなくなったので、どうしたのかと思っていた」

と、辰五郎は言った。

「あたしは、昔、働いていた飯屋にもどり、夢うつつのような日々を送っていました。でも、命日が近づき、吸いよせられるようにここへやって来たみたいです」

そう言って、わっと泣きふしてしまった。

七

「いま、話に出ましたよね」

と、竜之助は辰五郎に言った。

「なにがだい？」

「煙のことです。親分は、この季節、家にいるときの楽しみになにがありますか？」

「いまの季節は、おれは焚き火だな」

「焚き火ですか」

「火を見つめるとなんとも言えない気持ちになるのさ」

「その焚き火こそ小平太の狙いだったのです」

「毒の木か？」

「はい。夾竹桃《きょうちくとう》など、猛毒の木の煙を吸わせる。いきなり嗅いだらこの木はおかしいとなるが、一度、煙草で嗅いでいる。もしかしたら、鼻や喉の調子がおかしいと思うかもしれない。じつは、ここのお菊がいた家の一家心中も、毒を食ったせいではなく、囲炉裏にくべた夾竹桃の木の煙で中毒していたのです」

トリカブトの毒はよく知られているが、ふつうに生えている草木に意外な猛毒が隠れている。水仙、福寿草、紫陽花《あじさい》、馬酔木《あしび》……など。なかでも、夾竹桃の毒は煙ですら人を殺すほどである。

「なんと」

「夾竹桃はこのあたりにありませんか？」

竜之助は周囲を見て訊いた。

「あ、宝寿院の庭に咲いていた」

と、三十郎が言った。

すると、町名主がにやにや笑いながら言った。

「同心さま。あたしはこのあたりの者だから辰五郎親分の家もよくわかるんだがな、親分のところは門構えも立派だし、まわりも塀で囲まれている。焚き火に使う薪を運び込んだりするのは容易なことじゃねえぜ」

「ほう」

「ねえ、親分？」

「それは確かにそうなんだ」

「ふうん」

と、竜之助は考え込んだ。

「そりゃあ、道を通る参拝客などは、中をのぞくのは難しいかもしれねえ。では、そちらの和尚さんの寺は？」

「わしのところの寺は……」

「ああ、おれのところの庭とはいくらか接しているよな」

と、辰五郎は言った。

「ええ。でも、頑丈な垣根があって、あれを乗り越えたりはできませんぞ」

「たしかに」

「そうか、それでか」

と、竜之助は笑った。

「いえね。さっき、砦を攻めるのに、小平太の親分は弓矢を使っていたんです。

侍でもねえのに、弓矢を持ち出すとは、この親分もたいしたもんだと思ったんですが、それこそ一度、使ったものだったんですよ」

「なに？」

「親分は今日あたりも焚き火を？」

「そうだな。晩飯前かあとぐらいに、炎を眺めるのが格別でな」

「今日あたりに使うことになっている薪の中に、弓にひっかけて射やすくなった薪がないかどうか調べてもらえませんかい？」

「ううう」

小平太が呻《うめ》き、

「こうなりゃ、焼けくそだ！」

と、怒鳴った。

八

「おい、鬼火の小平太。もう、勝手にやれ」

用心棒の国貞潮五郎が言った。

「なんだと」

「わしは、あの男とやればいいだけだ。だが、その前に、何人も殺さなければ、わしと戦おうとしないかもしれないのでな」

そう言うと、背中から抜き出した奇妙な剣で小平太の胸を突いた。

「ひっ」

小平太は息を吸ったかと思うと、すぐに倒れた。

それを見た竜之助は、

「矢崎さん、あいつですよ。さっき話した風神雷神門の殺しの下手人は」

と、言った。

「なんだと」

「てめえら。動くなよ。南町奉行所の矢崎だ。わかってるな、おいらの顔は！」

やくざたちに怒鳴った。

やくざたちにとって、矢崎はもっとも怖ろしい同心なのだ。

しかも、大親分である新門辰五郎もいる。

もはや、武器を捨て、神妙にするしかなかった。

竜之助は、奇妙な剣客と戦うため、筵を切り、外へ出た。

外は本物の夕陽が輝いていた。

風が吹いていた。

「あんただろ。ひどいことをしたのは？」

「お女中の話を聞くと、ずいぶん腰が引けているようなので、戦わざるを得なくしてやろうと思ってな」

「それで、なんの罪もない町人をな」

「罪のあるなしなんてわからぬさ。町人なんざ、陰にまわるとまずろくなことはしてないものだ」

「それでも、おめえみてえにひでえことはやらねえぜ」

「そんなに町人が大好きなら、ほれ、仇を取ってみな」

国貞潮五郎はその奇妙な剣の先を竜之助に向けた。

見たことのない細い剣である。

斬ることはできない。突くだけ。だが、身体を突かれたら、その鋭さを見ても、深々と食い込まれるだろう。

揺れている。よくしなることだろう。すなわち、叩けばこっちの剣を回り込んで、竜之助の手の甲やら手首やらを突く。

致命傷にはならなくても、それでかなりの痛手を受ける。何度か突かれれば、刀を持ちつづけるのさえままならなくなる。

ふっと前に出て来た。

鋭く、まっすぐに。無駄な動きがないから速い。あっという間に目の前に剣先が来ている。

竜之助は、すばやく抜いた刀で、叩かずに軽く受けた。しなるが大きくは回り込んでこない。

国貞は引いて、横なぐりに叩きつけてくる。

思い切り後ろに下がり、敵の剣をやりすごした。

「なんだよ。葵新陰流は逃げ専門かよ」

「そうじゃねえよ。いま、風の向きを探っているのさ」

竜之助の刀がゆっくりと向きを変えた。

刃が鳴りはじめた。笛のように大きな音色だった。

「それかい、風鳴の剣は」

国貞は嬉しそうに言った。

「そう。この剣があんたを許さねえとさ」

「笑わせるぜ」

国貞が突進してきた。

同時に竜之助の剣がひるがえった。

風の力を受けて、つむじ風となる剣。それが国貞の剣先よりも速くその両手を断ち斬り、返した刀が無意味な苦しみを与えまいというように、とどめをさしていた。

朝、この地獄村に入って、いまは夕陽が沈みつつある。つくりものではない、切なくなるような茜色《あかねいろ》の夕陽である。

今日一日、お化けと過ごした日だった。竜之助はざっと振り返ってみた。

最初は——。

浅草田原町の番屋に、地獄村の中で誰かが殺されたみたいだという報せが飛び込んできたのだ。文治とともに中へ入った。

確かに丑松というおかまの遺体は奇妙だった。

しかも、あれこれ調べているうち、丑松の遺体は消えてしまった。

運び去ったのは同じくお岩に化けていた久太で、命日というので誘い出したらしい超弦和尚と八田八郎左衛門の脅しに使おうとしたのだ。

久太の思惑は最後になってようやく明らかになった。国貞にやられた傷はどうにか心ノ臓をわずかに外れてくれたようで、駆けつけた医者は「命に別条はない」と言った。八田や超弦の裁きの際には、証人にもなってくれるだろう。

途中から現われた、謎の怖がらない女が、一家惨殺の生き残りのお菊だったのには驚いたものだ。

この地獄村にはまた、かねてから文治が追っていたスリのはやぶさの銀次郎まで出現した。もっとも、銀次郎は八田と超弦の悪巧みをあばくのに、大きな役割を果たしてくれたのだった。

しかも、ここでもまた蜂須賀家の美羽姫がいなくなっていて、はらはらさせられた。なにごともなく見つかってなによりである。

さらにはやくざの出入りがあり、この用心棒として竿術の使い手である国貞潮五郎が混じっていた。国貞は決闘に応じさせるため、奇怪な殺しを起こして竜之助をおびき寄せようとしたのだった。

そして、去年の一家惨殺の謎と、すべての事件のきっかけになった新門辰五郎を暗殺しようとする企み。

一家の命日でもある今日、久太やお菊の家族ばかりでなく、下手人たちも集まって来ることになったのは、久太の誘いもあったにせよ、やはりなにかの力が働いたのかもしれない。

「ほら、さっさと歩け！」

後ろ手に縛られた町名主の八田八郎左衛門と超弦和尚が、代官の家来に引っ立てられていくところだった。

名誉ある地位にありながら、自分の慾《よく》のため、人の命をないがしろにする連中——あいつらこそが化け物だった。

この後の裁きがどこでおこなわれるかは未定だが、矢崎の見解では代官所でざっと話を確認し、奉行所に来るのではないかということだった。寺社方がからんだり、面倒なことは多いが、一家惨殺の直接の下手人は八田と超弦に命令された岩錦ら鬼火組のやくざたちに違いない。やはり、裁きは奉行所でおこなわれるべきだろう。

「福川さま。銀次郎は逃げずに待ってましたよ」

文治が寄って来て指を差した。

銀次郎はこっちを見ていて、軽く頭を下げた。

「ほらな」

と、竜之助は嬉しそうに言った。

「ええ。立ち直ってくれそうな顔をしてますね」

文治も急いで縄をかけるつもりはないらしい。

「福川の旦那」

後ろで呼ぶ声がして、振り向くと今朝次と火鉢の三十郎が並んで立っていた。

「今日はいろいろとありがとうございました」

今朝次が頭を下げた。

「とんでもねえ。礼を言うのはこっちだぜ」

「おやじがやくざから足を洗うと申してます」

今朝次が指差したのは、三十郎ではないか。

「おやじって、ほんとの？」

「ええ。じつのおやじなんです」

今朝次が苦笑いすると、

「こいつには、前からやくざから足を洗って、この仕事に専念しろと言われていたんですが、いま、ようやく決心がつきました。このまま、地獄村をやらせてもらえるかはわからねえんでしょうが」

と、三十郎は言った。

「いや、たぶん大丈夫だろう」

一連の悪事についても、三十郎はなにも関わっていない。鬼火組の出入りについても、幸いほとんど喧嘩をせずに済んでいる。

確かに三十郎の才能は勿体ない。江戸の人々を楽しませ、浅草に新名所をつくって、ここらの景気まで盛り上げてくれている。

むろん、あまりにも危険な仕掛けについては、奉行所から改めて注意を受けるだろう。それをちゃんと守ってもらえればいいことである。

「ありがとうございました」

今朝次と三十郎は顔を見合わせ、竜之助に頭を下げた。親子の確執はすっかり解消できたらしい。

「同心さま」

また呼ばれた。

振り向くと、途中からいっしょにやって来た盲目の客とその甥っ子だった。

「叔父がひとことだけお礼を言いたいと」

「やあ。最後まで来られてよかったですね」

盲目という逆境にもめげず、面白そうなところに足を運ぶ心意気は素晴らしいではないか。

「いや、おかげさまで。福川さま、あたしは目こそ見えませんが、ご活躍はよくわかりました。見事な謎解きで胸がすうっといたしましたよ」

「そいつはよかったぜ」

「それと、ご新造さまの内助の功もお見事でしたな」

「ご新造？　おいらは独り身だぜ」

「え、ずっといっしょだった女の方は違いましたか。あたしはお二人の声音《こわね》から、てっきりご夫婦であられるのかと」

「生憎だったな」

竜之助は笑い、そっとやよいを窺《うかが》った。

やよいはお菊と話をしているところだった。いつもは色っぽすぎて閉口してしまう女だが、いまのやよいは傷ついた人をいたわるやさしさに溢れていた。

「それじゃあ、最後までたどり着いた人に賞金の一両をお渡ししますので、ここへお並びください」

と、今朝次が大きな声で言った。

「あ、やった」

やよいが手を上げ、お菊にもうながすようにした。

お菊ははにかんだ笑顔を見せた。おそらくひさしぶりの笑顔なのだろう。

盲目の男と甥っ子も並んだ。

四場までいた霊感の発達していた女や、見覚えのある人たちは来ていない。五場までは耐えられなかったらしい。

竜之助が呆れたのは、文治と高田までがその資格を持っていたことだった。

「え、文治、なんでおめえも並ぶんだ？　おいらたちは御用で入ったんだろうが」

「御用だろうが御招待だろうが、このお守りをもらった人なら、木戸銭は払っていなくても、賞金がもらえるんだそうですぜ」

「そういうことなのだ、福川」

と、高田も嬉しそうに言った。

「そうなのですか」

だったら自分ももらおうか。正直、怖い思いだってしてしていたのだから。

竜之助は懐を探った。

「途中途中で門番が紙切れをくれたでしょう。福川さまも持ってるはずですよ」

「ああ、あれだろ。うん、おいらも……」

と、最初にもらったお守りを出した。

だが、四場までの紙しかない。

「駄目だ」

そういえば、国貞潮五郎との対決のため、筵を切って外に出ていたのだった。

そこは出口のほんの少し手前だったのに。

「ううむ。一両か。惜しいことをしたなあ」

竜之助は憮然として、皆が一両をもらうところを眺めた。

そんな竜之助を見て、

「竜之助さま。がっかりなさらないで。あたしがごちそうして差し上げますから」

と、やよいは菩薩のような笑みを浮かべた。

本書は２０１２年9月に小社より刊行された作品の新装版です。

双葉文庫

か-29-57

新《しん》・若《わか》さま同心《どうしん》　徳川竜之助《とくがわりゅうのすけ》【二】

化物《ばけもの》の村《むら》〈新装版《しんそうばん》〉

2023年10月11日　第1刷発行

【著者】

風野真知雄《かぜのまちお》

【発行者】

箕浦克史

【発行所】

株式会社双葉社

〒162-8540 東京都新宿区東五軒町3番28号

［電話］03-5261-4818(営業部)　03-5261-4833(編集部)

www.futabasha.co.jp(双葉社の書籍・コミックが買えます)

【印刷所】

中央精版印刷株式会社

【製本所】

中央精版印刷株式会社

【フォーマット・デザイン】

日下潤一

ISBN978-4-575-67180-3 C0193
Printed in Japan

井原忠政

三河雑兵心得
足軽仁義

戦国時代小説
〈書き下ろし〉

苦労人、家康の天下統一の陰で、もっと苦労した男たちがいた！　村を飛び出した十七歳の茂兵衛は松平家康に仕えることになるが……。

井原忠政

三河雑兵心得
旗指足軽仁義

戦国時代小説
〈書き下ろし〉

三河を平定し、戦国大名としての地歩を固めた家康。猛将・本多忠勝の麾下で修羅場をくぐる茂兵衛は武士として成長していく。

井原忠政

三河雑兵心得
足軽小頭仁義

戦国時代小説
〈書き下ろし〉

迫りくる武田信玄との戦い。家康生涯最大のピンチ、三方ヶ原の戦いが幕を開ける。怯むな茂兵衛、ここが正念場！　シリーズ第三弾。

井原忠政

三河雑兵心得
弓組寄騎仁義

戦国時代小説
〈書き下ろし〉

大敗から一年、再び武田が攻めてきた。決戦の地は長篠。ついに、最強の敵と雌雄を決する時が迫る。それ行け茂兵衛、武田へ倍返しだ！

井原忠政

三河雑兵心得
砦番仁義

戦国時代小説
〈書き下ろし〉

武田軍の補給路の寸断を命じられた茂兵衛は、森に籠って荷駄隊への襲撃を指揮することに。戦国足軽出世物語、第五弾！

井原忠政

三河雑兵心得
鉄砲大将仁義

戦国時代小説
〈書き下ろし〉

信長の号令一下、甲州征伐が始まった。徳川に寝返った穴山梅雪の妻子を脱出させるため、茂兵衛は武田の本国・甲斐に潜入するが……。

井原忠政

三河雑兵心得
伊賀越仁義

戦国時代小説
〈書き下ろし〉

信長、本能寺に死す！　敵中突破をはかる家康一行の殿軍についた茂兵衛、伊賀路を越えられるのか!?　大人気シリーズ第七弾！

井原忠政	三河雑兵心得 小牧長久手仁義	戦国時代小説〈書き下ろし〉	秀吉との対決へ気勢を上げる家臣団に頭を悩ませる家康。信長なき世をめぐり事態は風雲急を告げ、茂兵衛たちは新たな戦いに身を投じる！
井原忠政	三河雑兵心得 上田合戦仁義	戦国時代小説〈書き下ろし〉	沼田領の帰属を巡って、真田昌幸が徳川に反旗を翻した。たかが小勢力と侮った徳川勢は、昌幸の奸計に陥り、壊滅的な敗北を喫し……。
井原忠政	三河雑兵心得 馬廻役仁義	戦国時代小説〈書き下ろし〉	真田に大敗した戦で戦場に消えた茂兵衛。「茂兵衛、討死」の報に徳川は大いに動揺する。だが、ところがどっこい、茂兵衛は生きていた！
井原忠政	三河雑兵心得 百人組頭仁義	戦国時代小説〈書き下ろし〉	家康の養女として本多平八郎の娘が、真田昌幸の嫡男に嫁すことに。茂兵衛は「真田嫌い」の平八郎の懐柔を命じられるが……。
風野真知雄	わるじい秘剣帖（一） じいじだよ	長編時代小説〈書き下ろし〉	元目付の愛坂桃太郎は、不肖の息子が芸者につくらせた外孫・桃子と偶然出会い、その可愛さにめろめろに。待望の新シリーズ始動！
風野真知雄	わるじい秘剣帖（二） ねんねしな	長編時代小説〈書き下ろし〉	孫の桃子と母親の珠子が住む長屋に越してきた愛坂桃太郎。いよいよ孫の可愛さにでれでれの毎日だが、またもや奇妙な事件が起こり……。
風野真知雄	わるじい秘剣帖（三） しっこかい	長編時代小説〈書き下ろし〉	「越後屋」への嫌がらせの解決に協力することになった愛坂桃太郎は、今日も孫を背中におぶり事件の謎解きに奔走する。シリーズ第三弾！

風野真知雄　わるじい秘剣帖（四）ないないば　長編時代小説〈書き下ろし〉

「越後屋」に脅迫状が届く。差出人はこれまでの嫌がらせの張本人で、店前で殺された男とも深い関係だったようだ。人気シリーズ第四弾！

風野真知雄　わるじい秘剣帖（五）なかないで　長編時代小説〈書き下ろし〉

桃子との関係が叔父の森田利八郎にばれてしまった愛坂桃太郎。事態を危惧した桃太郎は一計を案じ、利八郎を何とか丸めこもうとする。

風野真知雄　わるじい秘剣帖（六）おったまげ　長編時代小説〈書き下ろし〉

越後屋への数々の嫌がらせを終わらせることに成功した愛坂桃太郎だが、今度は桃子の母親・珠子に危難が迫る。大人気シリーズ第六弾！

風野真知雄　わるじい秘剣帖（七）やっこらせ　長編時代小説〈書き下ろし〉

「かわうそ長屋」に犬連れの家族が引っ越してきたが、なぜか犬の方が人間よりいいものを食べている。どうしてそんなことを……？

風野真知雄　わるじい秘剣帖（八）あっぷっぷ　長編時代小説〈書き下ろし〉

孫の桃子との「あっぷっぷ遊び」に夢中になる愛坂桃太郎。しかし、そんな他愛もない遊びが思わぬ危難を招いてしまう。シリーズ第八弾！

風野真知雄　わるじい秘剣帖（九）いつのまに　長編時代小説〈書き下ろし〉

珠子の知り合いの元芸者が長屋に越してきた。いまは「あまのじゃく」という飲み屋の女将で常連客も一風変わった人ばかりなのだ。

風野真知雄　わるじい秘剣帖（十）またあうよ　長編時代小説〈書き下ろし〉

「最後に珠子の唄を聴きたい」という岡崎玄蕃の願いを受け入れ、屋敷に入った珠子と桃太郎だが、思わぬ事態が起こる。シリーズ最終巻！

風野真知雄　わるじい慈剣帖（一）　いまいくぞ　長編時代小説〈書き下ろし〉

あの大人気シリーズが帰ってきた！　目付に復帰したのも束の間、孫の桃子が気になって仕方がない愛坂桃太郎は江戸への帰還を目論むが。

風野真知雄　わるじい慈剣帖（二）　これなあに　長編時代小説〈書き下ろし〉

孫の桃子を追って八丁堀の長屋に越してきた愛坂桃太郎。大家である蕎麦屋の主に妙に気に入られ、次々と難珍事件が持ち込まれる。

風野真知雄　わるじい慈剣帖（三）　こわいぞお　長編時代小説〈書き下ろし〉

川沿いの柳の下に夜な夜な立つ女の幽霊。桃子の夜泣きはこいつのせいか？　愛坂桃太郎は、可愛い孫の安寧のため、調べを開始する。

風野真知雄　わるじい慈剣帖（四）　ばあばです　長編時代小説〈書き下ろし〉

長屋の二階から忽然と消えたエレキテル。没収しようと押しかけた北町奉行所の捕り方たちも目を白黒させるなか、桃太郎の謎解きが光る。

風野真知雄　わるじい慈剣帖（五）　あるいたぞ　長編時代小説〈書き下ろし〉

長屋にあるエレキテルをめぐり対立してきた北町奉行所の与力、森山平内との決着の時が迫る。愛する孫のため、此度もわるじいが東奔西走！

風野真知雄　わるじい慈剣帖（六）　おっとっと　長編時代小説〈書き下ろし〉

日本橋の新人芸者、蟹丸の次兄が何者かによって殺された。悲嘆にくれる娘のため、桃太郎は真相をあきらかにすべく調べをはじめるが。

風野真知雄　わるじい慈剣帖（七）　どこいくの　長編時代小説〈書き下ろし〉

江戸の町のならず者たちの間に漂い始める抗争の気配。その中心には愛坂桃太郎を慕う芸者の蟹丸の兄である千吉の姿があった。

風野真知雄

わるじい慈剣帖（八）
だれだっけ

長編時代小説〈書き下ろし〉

激化の一途をたどる、江戸のならず者たちの抗争。愛する孫に危険が及ぶまいとする愛坂桃太郎だが……大人気時代小説シリーズ、第8弾！

風野真知雄

わるじい慈剣帖（九）
ねむれない

長編時代小説〈書き下ろし〉

愛孫の桃子と遊ぶことができず、眠れぬ夜を過ごす元同心の愛坂桃太郎。そんなある日、桃太郎はなにやら訳ありらしい子連れの女と出会い……。

風野真知雄

わるじい慈剣帖（十）
うそだろう

長編時代小説〈書き下ろし〉

江戸の町を騒がす元凶・東海屋千吉との因縁に決着をつけ、愛する孫と過ごす平穏な日常を取り戻せ！ 大人気時代小説シリーズ、感動の最終巻!!

芝村凉也

北の御番所 反骨日録【一】
春の雪

長編時代小説〈書き下ろし〉

男やもめの屁理屈屋、道理に合わなければ上役にも臆せず物申す用部屋手附同心・裄沢広二郎の奮闘を描く、期待の新シリーズ第一弾。

芝村凉也

北の御番所 反骨日録【二】
雷鳴

長編時代小説〈書き下ろし〉

深川で菓子屋の主が旗本家の用人に無礼討ちにされた。この一件の始末に納得のいかない同心の裄沢は独自に探索を開始する。

芝村凉也

北の御番所 反骨日録【三】
蟬時雨

長編時代小説〈書き下ろし〉

療養を余儀なくされた来合に代わって定町廻りのお役に就いた裄沢広二郎の前に現れた人足姿の男。人目を忍ぶその男は、敵か、味方か!?

芝村凉也

北の御番所 反骨日録【四】
狐《きつね》祝言《しゅうげん》

長編時代小説〈書き下ろし〉

盟友の来合轟次郎と美也の祝言を目前に控え、段取りを進める裄沢広二郎。だが、その二人の門出を邪魔しようとする人物が現れ……。

芝村凉也
北の御番所　反骨日録【五】　長編時代小説〈書き下ろし〉
かどわかし
用部屋手附同心、裄沢広二郎を取り込もうと近づいてきた日本橋の大店、鷲巣屋の主。それを撥ねつけた裄沢に鷲巣屋の魔手が伸びる。

芝村凉也
北の御番所　反骨日録【六】　長編時代小説〈書き下ろし〉
冬の縁談
裄沢広二郎の隣家の娘に持ち込まれた縁談の相手は、過去に二度も離縁をしている同心だった。裄沢はその同心の素姓を探り始めるが……。

芝村凉也
北の御番所　反骨日録【七】　長編時代小説〈書き下ろし〉
辻斬り顚末
岡場所帰りの客が斬られる事件が多発する。北町奉行所が調べを進めると、意外な人物が下手人として浮かび上がってきた。

芝村凉也
北の御番所　反骨日録【八】　長編時代小説〈書き下ろし〉
捕り違え
お役へ復帰した裄沢は御用聞きによる無道な捕縛の話を聞き、その裏にいる臨時廻りの行動に疑問を抱く。痛快時代小説第八弾！

葉室　麟
川あかり
長編時代小説
藩で一番の臆病者と言われる男が、刺客を命じられた！　武士として生きることの覚悟と矜持が胸を打つ、直木賞作家の痛快娯楽作。

葉室　麟
螢草《ほたるぐさ》
時代エンターテインメント
切腹した父の無念を晴らすという悲願を胸に、出自を隠し女中となった菜々。だが、奉公先の風早家に卑劣な罠が仕掛けられる。

葉室　麟
峠しぐれ
時代小説
峠の茶店を営む寡黙な夫婦。ある年の夏、二人を討つため屈強な七人組の侍が訪ねてきた。二人の過去になにが。話は十五年前の夏に遡る。